ROCK

ネオカル日和◉目次

講談社文庫

ネオカル日和《びより》

辻村深月

講談社

III 四次元の世界へ

Ⅳ

特別収録　ショートショート&短編小説

Ⅴ

女子とトホホと、そんな日々

ネオカル日和

I　ネオカルチャー新発見

支えは藤子・F・不二雄さんの人格

ドラえもん（藤子プロ）

二〇〇五年に『凍りのくじら』という家族をテーマにした小説を書いた時、主人公に『ドラえもん』と藤子《ふじこ》・F《エフ》・不二雄《ふじお》氏への愛情について語らせた。なぜ、『ドラえもん』だったのか。理由はたくさんある。まず、私自身が藤子作品を大好きなこと。次に、多くの日本の子どもにとって『ドラえもん』は共通の文化であり、名前を聞けば、大人もそこに各自の少年時代や家族の思い出を必ず見るはず、と確信していたからだ。読んでくれた読者からは、今も、自分にとっての『ドラえもん』がどんな存在であるか、それぞれのエピソードが綴《つづ》られた手紙がたくさん届く。

私は一九八〇年生まれで、二〇一〇年春に三十周年を迎えた映画『ドラえもん』と同い年だ。小学校に上がる年の春以降、毎年映画館まで足を運んでいる。私が過ごしたこれまでの春の思い出はすべて、その年々の『ドラえもん』映画と密接に結びついて記憶されていると言っても過言ではない。どの年にどんな入場記念品をもらったか、観終わった後でどのレストランで食事したか。小学校の途中から、観に行く相手は家族から友達へと変わっていったが、どの子とどの映画を観に行ったか、親にお小遣いをもらってのお出かけがどれほど楽しかったかを、今もはっきり覚えている。

映画が始まってからのこの三十年間で、当時子どもだった私たちの世代が大人になった。『ドラえもん』映画を観て育ってきた私たちは、『ドラえもん』を今の子どものものとしてだけではなく、自らの記憶の延長にある自分のものとしても観に行く。親子それぞれが楽しみたいと期待する、今や〝みんなのもの〟となった『ドラえもん』は、まさに国民的スター。二〇〇五年には、アニメのスタッフと声優を一新したことでも話題になった。そんな『ドラえもん』のこれからについて伺うべく、藤子プロにお邪魔した。

案内された会議室は、片側の壁に大きな窓がついていた。仕切りのブラインドが少し開いた窓の向こう側を伊藤善章《ぜんしょう》社長が指さし、「あそこが先生の部屋ですよ」と教えてくれる。

「先生が実際に漫画を描くのに使っていた机と椅子が置いてあります。作品に関する事柄を決める際には、『そこで先生が見ている』という気持ちを忘れないようにしているんです。――先生の椅子に座ってみませんか」

恐れおおくも「いいんですか」と座らせてもらうと、机の上の景色がはっきり見えた。原稿用紙やペン、インク、羽ぼうき。恐竜のおもちゃや、先生がお好きだったという落語のテープ。藤子先生って本当にいたんだ、という当たり前の事実に胸が詰まる。部屋には実際の蔵書だった図鑑や資料もたくさんあり、作品の息づかいがすぐ近くに聞こえるようだ。この机と椅子は、二〇一一年九月、川崎市にオープンした藤子・F・不二雄ミュージアムに移され、今後は一般公開されるという。

「ミュージアムや映画を始め、企画は様々にありますが、どこを入り口にしたとしても、『最終的には先生の描いた原作漫画にきてほしい』、『読んでほしい』という思いです」

社長がそう言った時、心の中で「あ」と腑《ふ》に落ちることがあった。

実は、私は「『ドラえもん』が大好き」と言いながら「『ドラえもん』には夢がいっぱい」、「この作品にはこんな教訓と感動が云々《うんぬん》」とされる作品の読まれ方があまり好きではない。原作漫画を開くと、夢や感動は一側面にしか過ぎず、藤子作品がいかにギャグ漫画として秀逸で、時にシュールでブラックかということもよくわかるはず。まずおもしろく読めて、見れば元気になれるというのが、作品最大の魅力ではないだろうか。

これからの『ドラえもん』について、藤子先生ならばどうしたか。先生が生前スタッフにあてた手紙の中に、こんな一文がある。

「『藤子プロ作品は、藤子本人が書かなくなってからグッと質が上がった』と言われたら、嬉しいのですが」

商業的にも大成功を収めている『ドラえもん』が他の作品と大きく違うのは、その根幹を漫画家、藤子・F・不二雄の人格がしっかりと支えているということだ。単に商業ベースに乗せて発展させただけでは、きっとこんなにも長く愛されてこなかったし、これから先、愛され続けることもできなくなってしまう。国民的スター『ドラえもん』の今後を握る鍵は、このあたりにありそうだ。

（二〇一〇年四月七日　毎日新聞朝刊）

【あれから】

取材した翌年、川崎市藤子・F・不二雄ミュージアムが、ドラえもんの誕生日である九月三日に神奈川県川崎市にオープン。たくさんの子どもにとっての〃生まれて初めて行く美術館〃となりそう。毎年春の映画も好評で、毎週金曜夜七時に変わらず『ドラえもん』が放映される日本のお茶の間の光景は、これから先も続いていきそうだ。

レッツ・のう能！

のうのう能（矢来能楽堂）

舞台の中央に小袖が一枚。能「葵上《あおいのうえ》」を最初に観た時の衝撃は忘れられない。『源氏物語』を下敷きとした、能ファンにはおなじみの名曲だ。演目名は「葵上」だが、葵上は舞台上に置かれた小袖だけで表現され、空間の中で一際《ひときわ》強い存在感を放ちながらも、一度も姿を現さない。物語は病床の彼女を間に置きながら、源氏への妄執《もうしゅう》に駆られて葵上に取り憑《つ》いた六条御息所《ろくじょうのみやすどころ》の生霊《いきりょう》と、それを調伏《ちょうぶく》せんと祈禱《きとう》する小聖《こひじり》の激しい攻防を描く。

葵上不在の「葵上」の斬新さ、これが古くからある演劇の表現なのかと度肝《どぎも》を抜かれた。

能というと、とかく「敷居が高い」といったイメージを持ちがちなもの。かく言う私もそんなふうに思っていた一人だったのだが、昨年友人に誘われ、初めて能楽堂に足を運んだ。友人は着物姿で現れ、少し前から着物に凝り始めたこと、そのためどこかに着物で出かけたくなり、能を観るようになったことを明かした。彼女に限らず、雑誌などでは着物が三十代、四十代の女性を中心にオシャレな趣味のひとつになっているという記事をよく目にする。遠くに感じていた能の世界の入り口が案外身近なところに開いていることに感心しながら、私自身もその日を境に能を観るようになった。

とはいえ、日の浅いファンである私はどう能を楽しめばいいのか。そんな時に「のうのう能」を知った。「のうのう」とは、人に呼びかける際に使われる能の言葉であり、「のうのう能」は「KNOW　NOH」つまり「能を知る」という意味がかかっている。

シテ方観世流の観世喜正《かんぜよしまさ》氏が「のうのう講座」として二〇〇〇年に始め、〇五年からは能の公演も主催している。丁寧な解説と詳しいテキストが付き、初心者も安心して楽しむことができる。

私が観に行った第十九回の演目は「千手《せんじゅ》」。奈良の寺を焼き討ちした罪を問われた平重衡《たいらのしげひら》と、その世話をする千手前《せんじゅのまえ》の淡い恋物語だ。公演の前に、プログラムの見方に始まり、あらすじや時代背景、登場人物の心情や見どころが解説されていく。当日はあいにくの雨だったが、「舞台上も雨の夜です」と観世さんに一声かけられると、客席からは「臨場感たっぷり」と笑みがこぼれた。柔らかい雰囲気の中で、声を一緒に張り上げて謡《うたい》の練習までさせてもらえる。

さらに能装束の着付けの実演が始まる。和装が好きな人の中には装束をめあてに能を鑑賞する人もいるという。その着付けを目の前で見られるとあって、身を乗り出すように見入る人の姿も見られた。普通の着物とは違う、舞台で動くことを前提とした紐の結び方や、布の裁断の仕方について説明が及ぶと、客席から「おおー」と感嘆の声が上がる。

心の準備が整ったところで、いよいよ公演へ。物語や装束に親しみが生まれた上で観る「千手」は格別のおもしろさで、中でも一度声に出した謡がクライマックスで登場すると、心にも体にも言葉が沁《し》みこんできた。

オールド文化であるはずの能だが、ひとたび足を踏み入れると新しい地平に触れたような驚きもあり、そこには未知なるワンダーランドが広がる。これはまさに私たちのネオカルチャーだということで、観世さんに話を聞いた。

「観たことはないけれど、能に興味があるという方はきっとたくさんいるのではないかと始めました。解説付きの公演は今では珍しくなくなりましたが、最終的には解説なしで能を公演できるようになっていきたいですね」

「のうのう能」は現在年六回公演。毎回ほぼ満席で、そのうち四割から五割が新規の観客だという。

能の普及のために自主公演などで活動するグループは、他に、一九九六年に名古屋や京都で活躍する能楽師で結成された「鏡座」や、九八年結成のシテ方金春《こんぱる》流の「座・SQUARE」などがある。観世さんも、九七年に流派を超えたグループ「神遊《かみあそび》」を結成し、十年以上にわたって普及活動を続けている。

着物を入り口に能を観始めた私の友人について観世さんに話したところ「逆に能を観始めたことにより、着物を着ようという気持ちになられる方もいますね」と教えてくれた。「舞台を観たことをきっかけに、『平家物語』や『源氏物語』を手に取ったり、歴史に興味を持つ方も多いようです」

そういえば、私の祖母世代は若い頃、おけいこ事として謡を習うことが今よりもずっと一般的だったそうだ。そうしたおけいこ事の代わりに、現代の着物ブーム、和ブームもあるのかもしれない。

また今年四十歳の観世さんは「私の若い頃は、男性はたとえ花火大会の浴衣であっても着ることに抵抗のある人が多かったものですが、今ではそのあたりの意識もずいぶん緩やかになってきたように思えます」とも語ってくれた。今後は、女性と同じく着物で能楽堂を訪れる男性の姿も増えるかもしれない。

「難しく考えるのではなく、能も演劇。おもしろくなければ、こんなにも長く残ってこなかったはず。その魅力を自分の目で見つけてください」

観世さんの言葉が、私たちの世代へのエールに感じられる。まずは飛び込み、自分の目で見ることだ。

（二〇一〇年五月五日　毎日新聞朝刊）

【あれから】

私自身も、「のうのう能」のファンクラブにあたる「のうのうクラブ」の会員となり、都合がつく限り毎回公演に足を運んでいる。取材翌年の夏には、のうのう能in八ヶ岳へ。観世さんの活動も幅広く、能楽・神遊の人気囃子方メンバーによる初心者向けの体験教室などを次々主催。ファンから初心者まで、たくさんの人に能の世界の入り口を開いている。

〝今〟を甘くするアクセサリー

Q－pot.（原宿本店）

Q-POt.

マカロンというお菓子を最初に見た時、「これが食べられるの!?」と思わず声を上げた。固く泡立てたメレンゲに砂糖やアーモンドパウダーを混ぜた生地を二枚、間にジャムなどを挟み込んでコロンと丸くしたフランス菓子は、バニラ、ローズ、ピスタチオなど、味ごとに色が違う。白やピンク、緑のカラフルな色彩はおもちゃや宝石のようで、口に入れるのが憚《はばか》られるような愛らしさだ。

「Q－pot.」のアクセサリーを最初に見た時の衝撃は、その真逆の体験であり、さながらマカロンの再発見と言えた。樹脂や木で作られた本物そっくりのお菓子たち。マカロンやケーキ、ビスケット形のネックレスや指輪、ストラップ。お菓子がアクセサリーのモチーフになるなんて、と驚かされつつも、「かわいい！」と心を鷲《わし》づかみにされた。

何が飛び出すかわからない「謎（Question）の壺《つぼ》（Pot）」を意味する「Ｑ－ｐｏｔ．」は、二〇〇二年、デザイナーのワカマツ・タダアキさんが、「見ているだけで、楽しく幸せな気分になれるような作品を」と立ち上げたアクセサリーブランドだ。現在国内外に十三店舗を構え、商品の数は二千種類を優に超える。

私が「Ｑ－ｐｏｔ．」と出会ったのは二十代後半の時。白いマカロン形のストラップと、中にイチゴを閉じ込めたゼリー形ブレスレットを買った。たちまち女友達から「それ何!?」「どこで買ったの？」と次々に声をかけられたが、中でも一番多かった声は「さわらせて」というもの。リアルな色合いと質感に息を呑《の》む子が多かった。柔らかな素材で作られたクリームや精巧にできた果物の光沢は、既存のアクセサリーの常識を打ち破る一方で、まぎれもなく日本固有の繊細な技術に裏打ちされた品々だという印象だった。

おいしいお店の情報が口コミで交換されるように、「Ｑ－ｐｏｔ．」の商品はあっという間に世の女性たちに広まり、熱く支持された。これまでユニクロや高級食材店フォション、パリのチョコレートブランドのジャン＝ポール・エヴァンなどとのコラボレーションを実現。二〇〇九年十二月には、ドコモから板チョコの形をした携帯電話が限定発売され、徹夜組の行列ができるほどの人気を呼んだ。

斬新なモチーフを扱いながらもどこか懐かしいアクセサリーたちはどんなきっかけで生まれたのか。原宿本店にワカマツさんを訪ねた。

「発想のきっかけはホイップクリーム。娘が生まれ、口や胸元にクリームをつけている姿を見て、これ自体が女の子を飾るアクセサリーになりうると思いました」

思惑は的中し、今やスイーツモチーフは女性たちの間で新たな定番文化となっている。この大成功について、ワカマツさんは「確信していた」と笑顔で語る。

「最初にこのクリームのリアルな質感を〝発明〟した時に、いずれは携帯電話や鏡をお菓子でデコレーションする日が来るだろうな、とすでに予感していました」

店舗に並ぶお菓子形のアクセサリーを見せてもらうと、どれもリアルではあるものの、ただ単純に本物を模しただけではないことがわかる。ワカマツさんは、「モチーフにする素材の一番の〝命〟を取り出し、持ち手に委ねる余白を心がけている」と言う。だからこそ、今にもこぼれそうに輝くレモン色のネックレスは本物のハチミツ以上にハチミツだと感じられるし、クリームもまた然《しか》り。匂いまで感じられそうなリアル以上のリアルが誕生した。

商品にはすべてコンセプトやストーリーがあり、そこには「つけている人と見た人が語り合えるコミュニケーションツールであってほしい」との願いが込められている。

「アクセサリーには二種類あると思っていて、一つはお守りの役割を果たすもの。もう一つはファッションとしての装飾品。僕が目指すものは、その両方の役割を兼ね備えたものです。身につけることで前向きな気持ちになれて、かつ自分を表現する手段の一つにもしてもらいたい」

お菓子の形をしたアクセサリーは、一見して平和や飽食の時代だからこそ登場した存在のように思えるかもしれないが、本質はむしろ逆だ。現代社会は決して弛緩《しかん》しているわけではなく、どちらかといえば窮屈で余裕がないイメージが先行する。「Q－pot.」は、そんな現代からの要請を受け、微笑みを発信するためにこそ、あえて平和的なコーティングを施されて生まれた存在だと言える。

商品のモチーフには、お菓子の他、歯の〝親知らず〟を扱ったものもある。甘い物を食べて虫歯になることの多かったワカマツさんが、ネガティブなイメージをどうにかしてポジティブへと昇華《しょうか》できないかと考え出したデザインだ。

ネガティブからポジティブへ。笑顔の連鎖を目指して「Q－pot.」が追求するのは「リアルファンタジー」。

「リアルなんだけどファンタスティックでメルヘン。遊園地のような世界観を常に提供する存在であり続けたい」

私もまた、そんな「Q-pot.」の術中にはまった一人。この世界からはしばらく抜け出せそうもない。

（二〇一〇年六月二日　毎日新聞朝刊）

【あれから】

Q-pot.はメルセデスベンツがプロデュースするマイクロコンパクトカー「スマート」の内外装を手がけるなど次々コラボレーションを実現。取材の翌年三月にあった東日本大震災の際にも、チャリティーのチョコレートリストバンドを発売。ブランドコンセプトである「楽しい気持ちや笑顔の連鎖を世界中に広げたい」という思いから始まった「とろ〜り　リボン・プロジェクト」の活動も盛んだ。二〇一二年にはアクセサリーそっくりのスイーツが実際に食べられるQ-pot CAFE.がオープン。ワカマツさんの新しい発想と挑戦は続いている。

時代の気分、言葉の温度

みんなでニホンGO！（NHK）

「食べれる」「見れる」のような〝ら抜き言葉〟や、「領収書の方、こちらでよろしかったでしょうか？」「させていただく」「全然OKです！」「フツーにかわいい」「千円からお預かりします」。

いわゆる日本語の乱れの代表として、しばしばメディアに登場する言葉たちだ。

「そんな言葉遣いをするなんて信じられない！」と腹を立てる人もいれば、「何がいけないの？」と、意識すらしていない人もいるだろう。あるいは、「誤った使い方だと知ってはいるが、こっちの方がしっくりくるので」と、あえてこれらの言葉を使う人もいるかもしれない。

ＮＨＫで毎週木曜夜十時から放送されている「みんなでニホンＧＯ！」は、前述したような日常のちょっと気になる言葉を集め、様々な角度から日本語のあり方を探る教養バラエティー番組だ。

スタジオにはレギュラー出演陣やゲストタレントのほか、一般からも参加者が招かれ、みなで検証ＶＴＲなどを見ながら、お題となる言葉をどう思うかを一緒に考える。その言葉を使ってよいと判断すれば「ＧＯ」、抵抗がある人は「ＮＯ」。年齢や性別、出身地が違う人たちそれぞれの判定により、スタジオ内の〝民意〟を測る仕組みだ。

おもしろいのが、検証が進むうち「正しい日本語」とされる言葉の歴史が実は浅かったり、また逆に「間違った日本語」に意外な背景が浮かびあがってくることだ。そうやって掘り下げられた言葉は、最初は「ＮＯ」が優勢であっても、検証を終えてみると「ＧＯ」を出す人の方が圧倒的になる場合もある。

言語は私たちにとって最も身近な文化である。ならば、時代とともに変わりゆく言葉や言い回しは、「間違っている」と切り捨てられるだけではなく、「新しい文化」として「ＧＯ」となる可能性も秘めているのではないか。スタジオに、ＮＨＫエデュケーショナルの丸山俊一部長プロデューサーを訪ねた。

「日本語を通じて、今の時代の多様化するコミュニケーションを探りたいという気持ちが発想の原点です」

取材当日は、番組の内容が内容だけに、私も正しい日本語で臨まなければ、と肩に力が入った。「間違った言葉遣いをしてもご容赦ください」と断りを入れると、「そんなことを言い出せば、僕も何も話せなくなってしまいますよ」と快く応じてくれた。

「NHKは日本語の規範を示さなければならないという向きがあるかと思いますが、番組の趣旨は日本語の間違いを指摘したり、絶対的な正解を探すというものではありません。『GO』と『NO』という形でパーセンテージを出してはいますが、それもまた、白黒つけるのが目的ではなく、その日はたまたまそういう結果だったという程度の指標です。いろんな立場の意見を互いに了解しあっていることが大事だと考えています」

題材にする言葉は「毎回なるべく素直なものを選びたい」という。「口癖や無意識に使われる言葉の中にこそ、時代の気分が表出してくる。世代間での差はもちろんあるでしょうが、言葉や意味のズレを考えることで、さらにコミュニケーションが広がれば楽しいですね」

インターネットが普及し、メールやツイッターによる書き言葉の文化も盛んな今、日本語は常に動いている。その一方で、私たちには世代を超えて誰かと直接話をする場が失われてきた感が否《いな》めない。わからないことをネットで検索して、ぱっと一面的に正解を得る風潮が広がる中、少数意見も保護されるスタジオ内の空気は風通しがいい。

「一見して回り道の多い無駄なやり取りかもしれませんが、そうした無駄の中にこそ文化はあるはずで、日本語を単なる記号として捉《とら》え、言葉をやせ細らせるよりは、今の時代の気分を取り入れて豊かに膨《ふく》らませていきたい」

言葉に対する議論の場がテレビに登場した事実もまた、すでに時代の気分を反映した結果ではないだろうか。

同番組には、「逆におせぇて」という外国人講師によるコーナーもあり、日本語が語源となった外国語や、ことわざの海外版が紹介される。今の日本語が真正面から検証されるだけでなく、相対的な目線から再発見されるものになってきたことも興味深い。

「言葉には、ただ意味を伝えるためだけではなく手触りや肌触りがある。この表現を使わなければ自分にはしっくりこないという思いがきっと誰にもあるはずなので、ゆるがせにできない感情をどう伝えるかを、大事にしてほしい」

丸山さんの言葉に、私自身、その時、はっとさせられた。

文章を書く仕事をしていると、自分だけの表現を探すことよりも、つい、誰にも後ろ指をさされることのない無難な表現に寄りかかってしまいそうになる時がある。しかし、そうやって選んだ借り物の言葉では、人の心を打つ文章を書くことはまずできない。

言葉には、それを使いたくなる心持ちや、人との距離の持ち方がそのまま反映される。話す相手に背景があるのなら、それを慮《おもんぱか》る余裕を持つことが必要なのではないか。新しく美しい文化となる日本語は、そうした開かれた会話の中から生まれてくるはずだ。

（二〇一〇年七月七日　毎日新聞朝刊）

【あれから】

その後「みんなでニホンGO！」は、世界で報じられた日本をきっかけに日本文化を再考する「セカイでニホンGO！」という番組に衣替えし、今度は、単に言葉を題材にするのではなく、異文化との対話を前面に押し出す番組へと変わった。日本語を考える時もグローバル化の中で捉えることが、ごく自然な時代になったということなのだろうか？

また、ネット発の新しい言葉がすぐに話題となって定着したり廃《すた》れたりという流れがある一方、書店に行けば先人たちの言葉に学ぶ名言集や格言集もベストセラーとして棚に並ぶ。日本語、そして言葉への注目度は依然として高いようだ。

編集部注：現在は放送終了しいます。

心をほぐすお守りの場所

パワースポット（愛宕神社）

　先日、友人間の集まりで「パワースポット」という単語が出た途端、みんなが話題に食いついてきた。「都内だとあそこの神社がいいってテレビで言ってたよ」「あの場所を写真に撮って携帯の待ち受け画面にすると出世するんでしょ？」「実は私、どこそこの神社に一度行ってみたくて……」などなど、三十代の女性たちを中心に盛り上がる中、同席していた四十代の男性一人だけが「パワースポットって何？」とぽかんとしていた。

　そんなふうに何かと騒がれている「パワースポット」は、その場所に行けば恋が叶《かな》う、仕事がもらえるなどのご利益があるとされる場所のことだ。テレビや雑誌で紹介され、中には何時間も並ぶ行列ができたところもあるほど。「パワースポット」とされる場所には、神社の他にも霊峰と呼ばれる山、峠など自然の場所も多くある。

言葉ばかりが先行して語られてしまった感が否めないこのブームについて、聖心女子大学で宗教学を専攻する堀江《ほりえ》宗正《むねまさ》准教授に話を聞いた。

「パワースポットとは文字通り、目に見えないパワーを感じられる場所。パワーは気、エネルギーと言ってもよいですね。従来は一部の特別な人だけが感じるものとされてきましたが、今は『気分がよくなった』『いいことがあった』など、普通の人が感じられる効果も含まれています」

堀江さんと待ち合わせたのは、東京都港区にある愛宕《あたご》神社。主祭神は火産霊命《ほむすびのみこと》という火の神。また、神社へと続く長く急な石段は「出世の石段」と呼ばれ、訪れる人も多い。

アスファルトの熱が照り返す都会の猛暑の中、石段をのぼった先の鳥居をくぐると、急に静かで涼しい場所に出た。それが「パワー」かどうかはわからないが、強い日差しが木々を通すことで柔らかくなり、確かに空気が変わったように感じられる。気持ちがよい場所だ。

堀江さんによれば、パワースポットが話題になり始めた頃の関心は、今のようにご利益を求めることよりも、むしろ、こうした場所に立って自分を見つめ直す目的が主流だったそうだ。

「そういう意味では、今のパワースポットブームは、現世利益を求める物質的なものと、自分の内面や感受性を高めるための精神的なものに、二極分化していると言えますね」

当日は愛宕神社で権禰宜《ごんねぎ》を務める松岡里枝《まつおかりえ》さんにも話を聞いた。ブームをきっかけに新しく訪れる人が増えたことについて、松岡さんは「神社はもともとパワースポット」と話す。「神社はそこにあることに意味や由来が存在する、場所との結びつきが強い場所。神道には教義がなく、宗教というよりは生活や文化に近いので、誰でも来てよい場所だという安心感があるのでしょう」

境内《けいだい》を訪れる人の層は老若男女様々で、私が訪れた平日の昼下がりは、一人で訪れる女性や若いカップルの姿が目についた。

松岡さんは「きっかけは何であれ、お参りいただけるのはありがたい」とも話す。

「ご利益を求める方がほとんどだと思いますが、それがすべてではないことが一度お参りするとわかるのではないでしょうか。日常と離れた異空間にみえてお参りすることで、心の平安を取り戻していただけると思います」

ブームになったことの背景について、堀江さんは「今は、自分の心のあり方に敏感な人が増えている」と言う。

「失恋や失業、病気など悪いことが起こると、出来事そのものよりも、自分の心が傷つく心理的影響の方を気にする。お参りに行くのは、自分の心を前向きにコントロールする意味もあるでしょう」

パワースポットは、閉塞《へいそく》感のある社会の中で、先の見えない問題や外部の出来事から自分を守っていくための装置として機能していると言えそうだ。いわゆる「信仰心」とは違い、訪れる人の心にはまず自分の生活がある。

日本は、宗教に関して良くも悪くも節操がない国だ。クリスマスも祝えば、お正月も祝い、神社にも寺院にも参拝する。その時はそういう気分になって、過ぎればまた日常に戻るという感覚には、誰でも多かれ少なかれ覚えがあるのではないだろうか。

堀江さんにブームの今後について聞いた。

「ブームは衰えても、参拝や祈願の形は変わらないと思う。パワースポットも、最初は自然の場所での癒やしや自分の見つめ直しが中心でしたが、従来の神社参拝やご利益信仰に落ち着いた。その時々に自分探しのキーワードが変わっても、宗教文化の流れは変わりにくいのでしょう」

また、愛宕神社の境内で、松岡さんが微笑《ほほえ》みながら語ってくれた言葉が印象深い。

「私たちは神様とみなさんの『仲取り持ち』の役目をしています。いつ来ていただいてもいいように環境を整えていますが、効果をすぐに期待するのではなく、今やってることがこの場所や神社の十年後、二十年後につながれば、というくらいの気持ちです」

神社の木々に囲まれていると、時間の雄大さに呑み込まれ、自分自身の存在も今のブームも、大きな流れの一部に過ぎないと感じることができた。

（二〇一〇年八月四日　毎日新聞朝刊）

【あれから】

パワースポットブームは一時期よりは落ち着いた印象。しかし、女性誌などでは今も盛んに占いの特集が組まれ、〝心を静かに保つ方法〟や〝自分自身を高めるため〟といった趣旨の記事も多く並ぶ。

また、東日本大震災後、独身者のあいだでは不安から結婚願望が高まったと聞く。縁結びの神社にも注目が集まっている。一方、台風が世界遺産の一部でパワースポットとしても有名な熊野那智大社に被害をもたらした。現代人は自然の恵みばかり追い求めて来た印象があるが、自然の怖さについても忘れてはならないと、強く感じる。

大人の夏休み

フジロック（苗場スキー場）

フジ・ロック・フェスティバルは、通称フジロックと呼ばれる日本屈指の野外音楽イベントだ。新潟県苗場スキー場で毎年夏に開催され、十三ものステージで、同時多発的にそれぞれライブ・パフォーマンスが行われる。二〇一〇年は七月三十日から八月一日にかけて開催され、国内外から招かれたアーティストは二百組以上、前夜祭を含む四日間での入場者数は約十二万五千人にのぼった。

私が最初に参加したのは二〇〇八年。一年目から皆勤賞で参加しているという友人に誘われた時は最初、微《かす》かな抵抗感があった。出演するアーティストには私が知らない名前も多く、知識のない状態で楽しめるかどうかが不安だった。「そんなことは問題じゃない」という友人の言葉に励まされるようにして会場まで行き、私はそこで、フジロックが単なる大型野外コンサートではなく、〝フェスティバル〟なのだということを目の当たりにした。

青々とした緑と泥の匂いに囲まれたメーンのグリーンステージに入る。演奏に熱狂しながら前に詰め寄る人もいれば、後ろの方でシートを敷いて寝転び、ゆったりと音を聴く人もいる。山の景観を生かす形で作られた会場では、どこにいても常に音楽が聴こえてくる。屋台やキャンプサイト付近では、友人同士で酒を飲みながら盛り上がる人たちも多く見られた。話の内容は、音楽の話題はもちろんだが、年に一度ここでだけ会う仲間うちの近況報告を兼ねているような場合もあるらしい。

それぞれが思い思いにこの場を楽しむ様子は、目当てのアーティストを追いかけ、観ることに躍起《やっき》になるような性質のものではなく、さながら〝大人の夏休み〟の過ごし方だという気がした。会場には二十代後半から三十代の姿が最も多いが、四十代、五十代のファンもいるほか、子連れで参加する人たちもいる。

フジロックを主催するスマッシュの代表取締役、日高正博《ひだかまさひろ》さんに話を聞いた。

「三日間来て、ステージを一つも見ないで帰っても構わないと思ってるよ」

十四年目の今年は、キャンプサイト内に新ステージが登場するなど、フジロックはまだまだ形を変え、盛り上がり続けている。とはいえ、はじめは受難の連続だった。最初に開催されたのは一九九七年、富士山の麓《ふもと》にある富士天神山スキー場。開催初日に台風が直撃し、二日目は中止を余儀なくされた。翌九八年、開催地を豊洲の東京ベイサイドスクエアへ移し、今のように苗場で開催されるようになったのは三年目の九九年から。その際にも、地元住民からの反対に遭い、半年間にわたる話し合いを持った。

「いざ開催してみたら、冬のスキーのお客さんよりマナーがいいって褒められた。お客さんたちが道ばたのゴミまで拾って帰ったからね」

私自身、来ている人たちの意識の高さに驚かされた覚えがある。みな、ただ〝お客さん〟として楽しむのではなく、自分たちの行動が今後のフジロックの存続に関わるのだという責任感を持っている印象だ。

日高さんは「フジロックの最中だけいい子になるんじゃなくて、そういう気持ちをそれぞれの日常に持ち帰ってほしい」とも話す。

また、金曜日を含む三日間の開催についても、当初は「休みが取れない」という反対の声が多かった。しかし、日高さんは逆に「休みを取るきっかけになれば」と考える。

「日本の休み の取り方は、江戸時代から変わらずに封建的。大きな会社がいつ潰れてもおかしくない世の中で、雇い主から休みをいただくって発想のまま、自分から休暇も取れないのはおかしい。何か目的意識があれば、休もうって気になるだろうから」

それを聞き、お盆の帰省ラッシュの様子が頭に浮かぶ。高速道路の渋滞で大人も子どもも車中でぐったりとする光景は、日高さんが言う通り、定められた期間に夏休みが集中している不自由さの証拠だ。

「難しいだろうけど、いずれは一週間やりたい。月曜から木曜までを無料にして、会場に一つだけアマチュア用のステージを作り、金曜からは今の形で有料にするようにな」

現在のフジロックの完成度は、運営面ではほぼ満点としながらも、全体の理想像からすれば「五十パーセント」だという。

「頭の中にはすごい構想があるけど、それはきっと実現不可能だろうから言わない」

悪戯《いたずら》を考える子どものような瞳が印象的だ。運営する上で最も重要な要素について伺うと、躊躇《ためら》うことなく「安全・信頼・健康」と答える。「お客さんに、月曜日には無事に家に着いていてほしい」

フジロックのプログラムは、無理して欲張っても全部を見ることが絶対に不可能だ。健康状態や状況に応じて、過ごし方を自分でマネジメントできればこそ、あそこに流れる時間は〝大人の夏休み〟になる。来年のフジロックを、働く自分へのご褒美のように楽しみにし、休みを取ろうと今からもう画策する大人は、きっと私だけではないはずだ。

（二〇一〇年九月八日　毎日新聞朝刊）

【あれから】

取材の翌年二〇一一年夏、第十五回目（新潟県湯沢町苗場スキー場で十三回目）を迎えるフジ・ロック・フェスティバルが開催、無事終了。前夜祭から延べ十一万五千人の来場者が〝大人の夏休み〟を楽しんだ。また、東日本大震災復興支援プロジェクト『Benefit for NIPPON』の一環として、被災者支援の為の義援金活動も行われ、期間中、会場内外に義援金箱が設置された。

フジロックに触発されたように日本各地でロックフェスやライブイベントが様々な形で開催され、盛り上がっている。フジロックの兄弟イベントである朝霧JAM（静岡県富士宮市朝霧アリーナで開催）も大人気。音楽によるフェスティバルは日本にすっかり定着した存在だ。

いつだって最先端

ポケットモンスター（株式会社ポケモン）

「ポケモン」と聞いて、何を思い浮かべるだろうか。

コンピューターゲーム、アニメ、映画、カードゲーム。あるいは、夏にＪＲの各駅で行われるスタンプラリーに参加する子どもの姿や、空港でキャラクターがペイントされた飛行機、ポケモンジェットを見かけたことを思い出す人もいるかもしれない。黄色と黒のかわいいキャラクター、ピカチュウに見覚えがないという人は、ほとんどいないだろう。

様々な場所で目にするポケモンだが、そのスタート地点はコンピューターゲーム。一九九六年、携帯型ゲーム機である任天堂のゲームボーイ対応ソフト「ポケットモンスター赤・緑」が発売されたのが始まりだ。主人公の少年が「ポケモン」と呼ばれる架空の生き物たちをつかまえ、ともに旅をし、成長していくというストーリーで、通信ケーブルを使って友達同士でお互いのポケモンを対戦させたり、手持ちのポケモンを交換できるというコミュニケーションツールとしての遊び方も話題になった。

九七年にはテレビアニメが放映開始。また、九八年の北米進出を皮切りに、欧州、豪州、アジアなど世界各国で人気を呼び、全世界で販売されたポケモンのゲームソフトは二億本以上。アニメやカード、関連グッズを合わせた累計市場規模は三・五兆円にのぼる。

二〇一〇年九月には新作であるニンテンドーDS対応ソフト「ポケットモンスターブラック・ホワイト」が発売され、発売後一ヵ月で四百万本を突破。DSソフト史上最速最多の販売本数を記録した。

子どもに大人気のポケモンだが、実はそのユーザーには大人も多く、私もその一人。高校生の時に「赤・緑」をプレイして以来、毎回新作を心待ちにしてきた。

前回までのソフトは、これまで登場したポケモンたちを引き継ぎながら新しいポケモンが追加される形だったが、今回の「ブラック・ホワイト」は、すべてが新しいポケモン。パッケージも、白と黒を基調とした大人の目にもスタイリッシュなもので、友達同士の対戦やポケモン交換も、今やケーブルを用いることのない赤外線通信。また、友達でなくとも、近くでプレイしている人同士が交流できる「すれ違い通信」の機能もある。

ポケモンは二〇一一年で十五周年。その間、様々なおもちゃや遊びのブームが入れ替わり立ち替わり現れては消えていく中で、ポケモンはほとんど唯一、長きにわたって愛される普遍性を獲得した存在に思える。人気の根幹を支えるものについて伺うべく、ポケモンのブランドマネジメントを行う、その名も「㈱ポケモン」に石原恒和《いしはらつねかず》社長を訪ねた。

「ポケモンはまだ十五年。永続的に愛される存在になったとは考えていませんし、まだまだ新しい展開に挑戦していきたい」

通された会議室には、ポケモンのグッズがずらりと並ぶ。その種類の多さは、それだけで歴史を物語っているように見えるが、石原社長はポケモンを扱う上で最も必要な要素を「作るものへのこだわり」と答える。

「これまで体験したことのない遊びやサプライズをふんだんに入れて、みんなをびっくりさせたい。新しいものを作るのは、これまでのものを壊すことでもあります。ライセンスを大事に管理する一方で、より魅力的な商品となるために、新しく破壊を加えていくことも必要。新しく遊ぶ人にも楽しんでもらえるような、誰にも負けない最先端のゲームソフトを作るという強いこだわりを持っています」

石原社長の口から出た「最先端」の言葉に、ふと記憶を刺激された。

私もまた人生の半分近くでポケモンをプレイしてきたわけだが、それにより受けた影響は計り知れない。中でも一番大きいのは、「子どもの最先端の文化に触れている」という自負を常に持ち続けることができたということだ。子どもの現在進行形の楽しみとつながることで、自分の中にある子ども時代の感性を失うことなく今日までいられた。作家である私にとっては、かけがえのない財産だ。

そして、それは、文化を生み出す一方で、ポケモンが商品であることを忘れず、常に飽きられることのないものとしてプロデュースしてきた〝大人〟の目線あってこそだったのだと思い知る。変化を恐れず展開し、かつ受け手にもその変化が歓迎されるあり方は、〝変わらない〟ことで愛され続ける他の名作漫画などと大きく異なる。

「初期のゲームボーイでは、ポケモンは粗いドット絵の存在でしたが、それでもそこに思い入れを持ち、背景にあるストーリーに涙してくれる子どもたちがいた。今は何でもリアルに、あるいは立体で見せるような手法も増えていますが、受け手の想像力をかき立てるものを作っていく姿勢は今後も大事にしたいですね」

最新の機能が追加されても、世界観の要《かなめ》が守られ、〝らしさ〟が失われていないというのもポケモンの大きな特徴だ。そして、そうした作り手側の努力により、ゲーム機の向こうに広がる景色は、日本でも海外でも、世代を超えて同じように子どもの原風景になる。私の記憶にあるのと同じ野原や森で、今の子どもたちが最新のやり方でポケモンをつかまえているのかと思うと、何とも愉快で、そして嬉しい。

（二〇一〇年十一月三日　毎日新聞朝刊）

【あれから】

取材のあとには「ポケットモンスターブラック・ホワイト」の世界観に合わせた二作品の映画が同日公開され、話題を呼んだ。ポケモン映画とそれにまつわるやりとりや、ＪＲのポケモンスタンプラリーは、日本の夏の風物詩になっていると言えそうだ。

また、二〇一六年には、最初の発売から二十周年。初代の「赤・緑」を子ども時代にプレイしていた人たちが親世代となり、親子でポケモンを語れるようになってきたことも、ファンの一人としては感慨深い。

なんでもない日のごはん

普通のごはん（飯島奈美さんのお仕事場）

〝普通のごはん〟が今、文化の中で語られるようになってきている。

私がそう意識し始めたきっかけは、二〇〇六年公開の映画『かもめ食堂』（荻上直子監督）だった。フィンランドにある日本食レストランを舞台に、その女主人と彼女を取り巻く人々を描いたこの映画には、おいしそうなごはんが次々登場する。日本食レストランといっても、海外でよく見られる寿司や天ぷらを出すような店ではなく、かもめ食堂は、しょうが焼きやとんかつ、そして作中「日本人のソウルフード」として紹介されるおにぎりなどを出す店。一般家庭の食卓でもお馴染《なじ》みのメニューが魅力的に画面を引き立て、人と人をつなぐ。ごはんを通じて、自分の知るそのメニューの味や思い出を、観終えた人同士で語り合える体験が新鮮だった。

また〇七年から連載が始まった人気漫画家よしながふみさんの『きのう何食べた?』も、家で食べるごはんを中心に主人公たちの生活を描く作品。そうしたフィクションのほかにも、ブログから書籍化されたSHIORIさんの『作ってあげたい彼ごはん』など、普通の家庭の台所や食べる相手を想定したレシピ本が人気を博している。

これまでメディアで取り上げられてきた〝食〟は、美食やグルメという言葉に代表されるような高級レストランや料亭での外食、あるいは、ロハスやマクロビオティックといった健康に気を配った料理法や無農薬野菜などの素材に主眼が置かれることが多かった。そのどちらでもない毎日普通に食べているごはんが、なぜ今支持されているのか。『かもめ食堂』を始め、多くの映画やCMなどで料理を手がけるフードスタイリスト飯島奈美さんに話を聞いた。

「確かに最近、普通のごはんをおいしくするコツはなんですか、とよく聞かれますね」

飯島さんの作業場に並ぶ著作『LIFE』『LIFE2』は合わせて三十万部を超えるベストセラー。本の中で紹介されるのは「お休みの日のパパカレー」や「家族がそろった日の炊き込みごはん」など、その家の環境や食卓が想像できる具体的なものばかりだ。

「普通のごはんをおいしくするのは、おいしいものを食べてもらいたいと思うことと、五感で感じてもらうこと。台所に立つお母さんの手元から魚が焼ける匂いを嗅ぎ、油の跳ねる音を聞けば、おなかが空《す》くし、食事が待ち遠しくなりますよね。家族を強くするのは、そういうなんでもない日のごはんだと思うんです」

そんな飯島さんとコンビを組んだ荻上監督の映画『トイレット』では、バラバラだった家族が一緒に餃子《ギョーザ》を作り、食卓を囲むシーンが出てくる。皮から作って丸めて広げ、具を中に入れて閉じていく作業を通じ、家族の距離がきゅっと縮まる。荻上監督に話を聞くと、「特に毎回ごはんのシーンを出すぞ、と意図しているわけではないですが」と答えながらも、「映画を振り返ってみると、食卓を撮る時には、自分が小さい頃お母さんにやってもらってきたことがそのまま出ているな、と最近感じます。大事に育ててもらったからこそ、ああいう絵が撮れるのかもしれないですね」と話してくれた。

とはいえ今の「お母さん」は仕事や家事に追われ、多忙であることが多い。スーパーやデパ地下を覗《のぞ》けば出来合いの総菜がたくさん売られているし、メディアには具なしラーメンなど炭水化物一皿だけの食卓や、菓子パンが並ぶ夕食風景が紹介されることも珍しくない。かく言う私も、自分がお母さんの立場になった時、家族の食卓を当たり前に普通のごはんにしていく自信がない。普通のごはんが今こんなにも求められるのは、失われつつあるものへの郷愁や、それを憧れだけで済ませたくないと望む私たちの願いの表れなのかもしれない。

インタビューの最中、飯島さんが揚げたてのドーナツをご馳走《ちそう》してくれた。砂糖がまぶされたさくさくのドーナツは温かくおいしくて、その時、ふと、幼い頃に食べた母のドーナツを思い出した。保健師だった母は、子どもが虫歯になることを心配して、手作りのお菓子に砂糖をほとんど入れず、たまに甘い時があると私は「どうしたの？　今日おいしい！」と喜んでいた。その話と、ついでにそんな母もまた飯島さんのファンであることを話すと「家庭料理って、毎日味が違っててもいいんですよね」と微笑んでくれた。

「味がぶれていたとしてもそれを含めておいしいんです。毎日家庭の食卓を守ってきた主婦の方たちは、それこそプロ中のプロ。そんな人たちに仕事を褒めてもらえるのは何より嬉しい。飯島さんのレシピ通りにやったらおいしくできました、とよく言ってもらえますが、作ったらそれはもう作った人のレシピ。そのご家庭の味になっていると思います」

私たちは、毎日食べるものによって作られる。〝普通のごはん〟を語るだけのものにしてしまうのか、それとも当たり前に〝普通〟のものとして守っていくことができるのか。ごはん文化のこれからを決めるのは、それを食べる私たち次第だ。


（二〇一〇年十二月一日　毎日新聞朝刊）


【あれから】

家庭料理風なおかずが食べられる定食屋や居酒屋に注目が集まり、雑誌などメディアによく登場している。〝普通のごはん〟は、やはり郷愁や憧れの存在でもあるようだが、ネットでは自分で作った料理やそのレシピを紹介するブログや投稿サイトも人気がある。飯島さんの著書『ＬＩＦＥ３』も発売され、シリーズ累計三十万部を超えるベストセラー。私も愛読しているが、オススメは「売りきれているマカロニサラダ」。我が家では、何度作っているかわからないほどお世話になっている絶品レシピだ。

今回、本書の装画をお願いした雨隠ギドさんもまた、『甘々と稲妻』（「ｇｏｏｄ！アフタヌーン」連載中）という〝普通のごはん〟を大事に描く作品を連載中の人気漫画家さん。魅力的なレシピがたくさん登場し、登場人物たちそれぞれの生活に繋がる描写に、ごはんの強さを感じます。未読の方、オススメです。

私だけの存在と愛情

ガンダム（バンダイホビーセンター）

©創通・サンライズ

　テレビアニメーション「機動戦士ガンダム」の放送から三十周年の節目となった二〇〇九年夏、東京・お台場に十八メートルの実物大ガンダム立像が建設された。

　来場者数は四百十五万人という盛況ぶりで、私も来場したうちの一人。会場に向かう途中、巨大なガンダムの背中が見えてきた瞬間、作品世界から抜け出してきたような迫力に興奮したが、その時に驚いたのは近くを歩いていた子どもが「わあ、ビームサーベルだ！」と、ガンダムの武器名を叫んで走り出したことだった。見れば、年はまだ四、五歳。明らかに三十年前のアニメをリアルタイムで見ていた世代ではない。横を歩くお父さんが「写真撮ろうな」と話す笑顔を見て、ああ、このお父さんの影響なのか、と納得したが、親子二代でファンになる三十年という年月の長さを痛感し、同時にその時ふっとガンダムの持つ人気の不思議さに気づいた。

「ドラえもん」や「サザエさん」など、いわゆる国民的と呼ばれる長寿アニメは、リニューアルを繰り返しながらも昔からの雰囲気を保ったまま、今も生活のあちこちで意識せずとも目に飛び込んでくる存在だ。対してガンダムは原作漫画のないアニメオリジナルのシリーズ物。三十年以上に及ぶ歴史は、同じ物語が続いてきたわけではなく、「ガンダム」という名前を引き継ぎながらも、設定も主人公も違うタイトルが連なってきた。常にテレビで再放送されているわけでもなく、立像のモデルとなった初代を見ようと思ったら、ビデオやDVDを自分から求めなければならない。

それなのにこれだけの知名度を誇り、新しいファンを獲得し続けているのはなぜか。加えて、ファンがつい熱く語ってしまうというのもガンダムの大きな特徴。少し前にも人気バラエティー番組「アメトーーク!」でファンを自称する〝ガンダム芸人〟たちが思い入れたっぷりのトークを繰り広げたことでも話題になった。

ガンダムといえば、プラモデル、通称〝ガンプラ〟が社会現象になるほどの人気を呼んだことでも有名。ガンプラも二〇一〇年、アニメに一年遅れで三十周年。これまでの販売数は四億個を超える。国内のおもちゃ会社の多くが生産を海外の工場に委託する中、ガンプラは一部の限定品を除いて、ほぼ全商品の企画・開発から生産までを静岡にあるバンダイホビーセンターで一貫して行う。品質にこだわり、メード・イン・ジャパンで革新してきたという技術を確認するべく、ホビーセンターを見学に訪れた。

入ってすぐ、ずらりと並んだプラモデルの展示に圧倒される。

社員が着るのは、映像作品の中で登場人物が身につける制服に似たジャンパー。他にもアニメを彷彿《ほうふつ》させるカラーリングの扉や機械が随所に見られ、工場内はガンダムの世界観を継承した、ファンにとってはまさに夢のような場所。インターネットでのみ募集する一般見学には毎回応募が殺到し、抽選による倍率は平日で八十倍、夏休みなどは百八十倍にもなるという。見学者は三十代、四十代の男性から、近年は若い女性も増えている。

初期は自分で塗装する必要があったガンプラも、今では異なる色や素材を同時に成形できる技術が導入され、誰でも簡単に組み立てることができる。さらにリアルグレードと呼ばれるシリーズは、筋肉を思わせる内部骨格を組み立ててから外装パーツを取りつけるもので、完成品の滑らかな動きは、手にした瞬間、思わず鳥肌が立ったほど。こうした技術のすべてがガンダム人気による需要を背景に国内で培われてきたことに感動を覚える。実物大の立像を作ろうというプロジェクトも、ガンダムでなければ出てこない発想だったろう。しかし、制作会社であるサンライズの宮河恭夫常務取締役は「あの立像を見に来た人の中でガンダムという言葉を知ってる人はたぶん七割くらい。その中で実際にアニメを見たことがある人は二割か三割くらいじゃないかな」と冷静だ。

「ガンダムはメジャー感を獲得しなくてもいい。常にマイナーでいいんです。みんなに愛されるものになれば、作品の信念が薄まり、新しさや鋭さを失ってしまう。それよりは、一人ずつに深く愛され、たくさん語ってもらえる存在であり続けたい」

またガンダムが続いてきた理由についてはこうも語る。

「何がガンダムらしさなのかというルールを守りつつ、その法律の中で自由に遊び、監督や作画を変えて違うものを作る姿勢を恐れなかった。中には昔からのファンには受け入れがたい変化もあったかもしれないが、何が〝らしさ〟なのかの基準もファンそれぞれの解釈でいい。新しいシリーズのみを入り口に語るファンも歓迎するし、古くからのファンも自分の〝ガンダム論〟を持ちながら、これからの作品を見守ってほしい」

ガンダムはあくまで〝みんなのもの〟ではなく、ファンそれぞれが〝私の〟〝俺の〃と思える存在。作り手によってそれぞれの愛情の形が保護されながら、その愛ゆえに反発や議論の場もでき、ファンからは常に活気が失われることがなかった。ガンダムの歴史は、そうしたマイナー愛の積み重ねなのだ。

（二〇一一年一月五日　毎日新聞朝刊）

【あれから】

取材翌年十月から、新タイトル『機動戦士ガンダムＡＧＥ』がスタート。ストーリー／シリーズ構成に大人気ゲーム『イナズマイレブン』や『レイトン教授』、『妖怪ウォッチ』シリーズを手がけるゲーム会社レベルファイブの日野晃博社長を迎えたことで、取材時の宮河さんの言葉通り、ファンの間で大きな話題に。

その一方で、二〇一〇年には、初代の世界観を引き継いだ『機動戦士ガンダムＵＣ《ユニコーン》』が、二〇一四年には初代ガンダムの生みの親である富野由悠季監督の最新作『ガンダム　Ｇのレコンギスタ』が放映され、ガンダムの歴史がまた大きく動いた。

番組の中に花咲いた「男子会」

アメトーーク！（テレビ朝日）

今、「女子会」がブームだ。

男性を抜きにしてファッションや恋愛、美容の話題を中心にトークに花を咲かせる女性同士の集まりは、不景気の影響で職場の宴会が減ったことも手伝ってか、世代を問わず盛り上がりを見せている。二〇一〇年の流行語候補にもなり、すっかり知名度を獲得した感があるが、果たしてそんな中、「男子」はどうしているのだろうか。男同士というと、とかく職場のつながりが中心になりがちな印象で、女同士のような定期的な「男子会」が想像しづらい。そう考えたところで、「アメトーーク！」の存在を思い出した。

「アメトーーク！」はテレビ朝日系列で毎週木曜二十三時十五分から放送されている深夜のバラエティー番組。司会はお笑いコンビ、雨上がり決死隊。毎回何か一つのテーマを決め、その条件に当てはまる芸人七〜八人をゲストにトークを繰り広げる。ゲストには時折、女芸人や女優も登場するものの、基本は男だけの「男子会」だ。

これまで扱ったテーマは〝ガンダム芸人〟〝餃子の王将芸人〟〝競馬芸人〟など、そのテーマをこよなく愛するメンバーが集まるものや、町工場で働いていた経験を持つ芸人が語る〝町工場芸人〟、〝運動神経悪い芸人〟や〝売れてないのに子どもいる芸人〟など多岐にわたる。中でも〝中学の時イケてないグループに属していた芸人〟は、メンバー各自が自身の中学時代の思い出を振り返って語ったほか、番組の最後でそれぞれが当時の自分に呼びかける姿が、視聴者から「勇気をもらった」と絶賛された。放送批評懇談会が優秀な番組を選ぶギャラクシー賞の月間賞を受賞したことでも話題となった回だ。

番組は主に、一つのテーマで括《くく》られた芸人たちが、互いが共有する〝あるある〟エピソードを披露したり、テーマに興味がない人にもそのよさが伝わるよう、熱心に魅力を語るスタイルで進む。好きなものへの情熱を語る芸人たちの口調はさながら使命感を帯びた伝道師のよう。

〝家電芸人〟たちが取り上げた商品が「アメトーーク！」のシールとともに近くの家電量販店で紹介されているのを目にした人も多いのではないだろうか。現在三十三巻まで発売中のＤＶＤの累計売り上げは二百六十万枚にのぼる（※二〇一五年九月時点）。

この人気の秘密はどこにあるのか。テレビ朝日に加地倫三プロデューサーを訪ねた。

「いつもおもしろく拝見しています」と挨拶すると、「〝いつも〟は嘘でしょう」と朗《ほが》らかな口調で応じてくれた。

「テーマに思いきり特化してる分、つまらない回もあるはずだし、興味の対象は人それぞれですから。何週かに一回ものすごくおもしろかったという、各自の心にささった名作があればそれでいい。その記憶と衝撃の余波があれば、次に興味がない回を放送しても、ひょっとしたらおもしろいかも、と期待を持って観てもらえる。その意味で、トーク番組という形式はお客さんを選ばない、敷居の低い入り口になっていると思います」

確かによく知らなかったテーマでも、観ているうちに自然と引き込まれていく回もある。多くのドキュメンタリー番組がただ理路整然と状況を伝えるのと違い、芸人たちのトークは情熱と愛情に裏打ちされ、体温が通った生きた言葉である分、そのエコ贔屓《ひいき》ぶりや語り口のムラまで含めて説得力がある。

「詳しい人たち同士がただ分かり合っていればいいというわけではないし、かといって、そのテーマを好きな人たちにも満足してもらいたい。そのジレンマの中で、どこまで深く語るかのバランスに気をつけています」

取材当日は、収録現場も観せてもらった。テーマは〝滑舌悪い芸人〟。共通の悩みを抱えた芸人たちが「わかる、わかる」と頷《うなず》き合う様子に会場が沸く。「いい雰囲気ですね」と加地さんに話しかけると「観覧客を毎回入れていることにも意味があるんですよ」と教えてくれた。

「女性の目があることで、芸人たちにも張りが生まれる。単なる楽屋トークや内輪ウケにならず、第三者を排除することのない空間ができあがっていると思います」

半期に一度は芸人たちが次にどんなテーマをやりたいかを持ち込む〝プレゼン大会〟が放送される。「自分のアイデアが採用され、その回のリーダーになった芸人には、相当プレッシャーがあるみたいですね」と加地さんは語るが、そのリーダーを中心とする芸人同士のチームワークのよさも「アメトーーク！」の○○芸人たちの特徴の一つだ。

「本番前の打ち合わせから毎回全員一緒にやっているのですが、他を蹴落として自分が目立とうといった競争心が一切なく、みんなが一丸となって自分たちの回を成功させようという団結力がある。その打ち合わせや収録後の打ち上げには、確かに男子会の楽しさがありますね」

私の男友達にも「アメトーーク！」を楽しみにする人は多い。視聴者には女性も多いだろうが、仕事を終えた深夜、芸人たちのトークを肴《さかな》に、自分も○○芸人の一員になったつもりで缶ビール片手に観ることができる「アメトーーク！」は、世の男子たちに理想の「プチ男子会」を提供する存在なのかもしれない。

（二〇一一年二月二日　毎日新聞朝刊）

【あれから】

その後も話題になる回を次々放送。

収録当時、「この回、アタリでしたね」と実は加地さんに声をかけてもらっていた〝滑舌悪い芸人〟はＤＶＤの十六巻に収録されたほか、〝ゴールデンタイムの特番で二回目が放送されるほどの人気に。

仕事の合間に、お菓子をつまみながら、録画した「アメトーーク！」を観るのは〝男子〟じゃない私にとっても楽しみの一つだ。

ともに©毎日新聞社

ともに©毎日新聞社

©毎日新聞社

FUJI ROCK FESTIVAL
FUJI ROCK FESTIVAL

II

おおむね本と映画の宝箱

私をまっすぐ映すもの

ミヒャエル・エンデ『モモ』（岩波書店）

読書とは、その人物を等身大に映し出す鏡である、と昔、誰かから聞いたことがある。まったく同じ本、同じ内容を読んでも、その前に立つ自分がどんな現実を抱えるかによって、そこに映し出されるものは常に変わっていく。

この言葉を思う時、一緒に思い出す。私にとって、ミヒャエル・エンデの『モモ』ほどよく磨かれた鏡はなかった、と。

『モモ』は、人間から時間を盗んでいくという不気味な泥棒「灰色の男たち」と、それに立ち向かい、人々に時間を取り戻そうとする少女「モモ」との対決を描いた物語だ。「時間がない」「ひまがない」。毎日、大人も子どもも口にするこの言葉。では、その足りなくなってしまった時間は一体どこにいったのか。その謎を私たちに問いかける童話だ。

小学校三年生、九歳の時に最初に読んだ『モモ』は、私にとって、胸がすく冒険活劇だった。人から奪った時間を灰色の葉巻にしてしまうという時間泥棒たちの存在は怖く忌まわしいもので、それと対照的に描かれる主人公モモの勇気や優しさの方には胸打たれた。「時間」って大事なものなんだな、とも思った。盗まれないように気をつけなきゃ、と。だけど、考えてみれば、その時の私は「盗まれる」ってどういうことか、誰にどう盗まれるのか、何も理解できていなかったのだ。

時間泥棒の正体を見たのは、その後、大人になってから再び『モモ』を手に取った時だった。その時、この物語は、もはや私にとって、単なる冒険小説ではなくなっていた。衝撃だった。

『モモ』は私の現実を二回、まったく違った形で映し出したのである。

時間とは何か。

「無駄にできないもの」。「有効に使わなければ損をするもの」。大人になった私にとっては自明のことだ。しかし、本の中のモモは、この問いに対して、私とは違った答えを持っている。モモの中で語られる時間とは、その「量」ではなく「質」である。心を尽くして人のために何かすることを尊び、大切にする。それは九歳の日の私が胸打たれ、感動した姿勢だ。

しかし、大人の私にとっての時間のあり方は、物語の中の灰色の男たちにまったく同調するのである。驚くほど、ぴったりと。

そう気づいてしまったら、モモの勇気もひたむきさも、もうまっすぐには見つめられない。顔を背《そむ》けてしまいたくなった。時間を求める灰色の男たちの姿がどこまでも哀しく、そして不思議なことに愛しくすらあった。今の私は、自分自身に取りついた時間泥棒に過ぎず、そこに映った私の姿は、灰色のスーツを着込み、あくせくと中毒のように時間の葉巻をふかしている。

エンデの策略にまんまと嵌《は》まった思いがした。と同時に思った。読書って、なんて正直ですごい体験なんだろうかと。

とりわけ、子ども心にも大人心にも響くのはこの言葉だ。モモの友達で道路掃除夫のベッポが自分の仕事について彼女に語るくだり。

「いちどに道路ぜんぶのことを考えてはいかん、わかるかな？　つぎの一歩のことだけ、つぎのひと呼吸のことだけ、つぎのひとはきのことだけを考えるんだ。いつもただつぎのことだけをな。ひょっと気がついたときには、一歩一歩すすんできた道路が全部終わっとる」

心を亡くすと書いて読む「忙しい」という言葉。私は毎日毎日、口にする。モモの目に、私は相変わらず灰色に映っているのだろうけど、ベッポのこの言葉には救われる。全体を考えてあくせくすることなく、一つ一つ着実に試練を乗り越えたい、自分の心と時間に誠実でありたいと願うことはできる。

モモの目をまっすぐ覗き込むことはできなくなったけど、彼女への憧れは子どもの頃より切実に強くなっているのかもしれない。

九歳の頃、この本と一度目の出会いを果たしたことは、私の財産だ。これから何度も、私はこの本を読むたび、昔、自分がどうだったか、今の自分がどうであるか、その時々の自分の現実と対面できる。

次に『モモ』を読む時は、なるべくなら、時間をたっぷりとって、ゆっくり丁寧に読みたい。——とはいえ、それがなかなか難しいんだけど。

オマージュのためのショートストーリー&エッセイ

『銀河鉄道999』松本零士原作

少年画報社　文庫版

ショートストーリー

彼から結婚を申し込まれた時、私は少し迷って尋ねた。

「あなたの理想のタイプの女性は、芸能人や有名人にたとえるなら、誰？」

彼の答えは即答だった。

「『銀河鉄道９９９』のメーテル」

私は落胆しながら、彼との別れを考える。相手は母性と優しさを備えた聖女のような女性。彼がただそう考えているとしたら、私がその理想を満たすことができるとは到底思えない。けれど次の瞬間、彼が熱っぽく宙を見つめながら、こう続けた。

「男っていうのは、自分を地獄に引きずりこんでくれる女が好きなんだよ。そのためにネジにされても後悔しないって思えるような」

私は驚き、目を見開く。そうなのだ。メーテルは聖女でありながら魔女であり、何より鉄郎にそれでもいいと言わしめる女性なのだ。そこまでわかって答えてもらったのなら何もいらない。嬉しくなって答えた。

「その気持ちになら、こたえたいわ」

アンドロメダの果てまでも、ずっと一緒にいけると思う。いろんな星に連れてってあげると、彼に誓う。

エッセイ

松本零士作品から受け継いだものはたくさんある。ロマン。情熱。青春という時間の尊さ。

『銀河鉄道９９９』と同じ宇宙の中にハーロックがいてエメラルダスがいる（エメラ

ルダスは幼い頃から今日まで、私が最も理想とする女性だ！）。

時間のずれた二つの999号が交差する『メーテルの旅』の中で、レドリルをつれたもう一人のメーテルが、別れ際、鉄郎ともう一人の自分を振り返りながら、「悲しくて長い旅よ……」と涙を流すシーンがある。未来から来たのか、過去から来たのかもわからないメーテルが呼びかける予言めいたこの言葉の前に、終わらない旅の途方もなさ、そして哀しさを思い、胸うたれる。

メーテルや鉄郎だけでなく、何人もの〝私〟がこの作品を通じて列車に乗り、旅に出た。これから来る青春の予感に胸ときめかせていたあの頃の私も、過ぎ去った時間のがむしゃらな輝きを思って涙する今の私も、同じ汽笛の音を聞き、鉄郎とともに悩み、迷いながら、終着駅までページをめくる。たくさんの〝私〟たちに999号のパスをくれた松本零士氏に感謝の気持ちがこみ上げてくる。この世界の無限の広がりを青春時代に経験できて、本当によかった。

言葉を奪う、彼らの「秘密」

『狼少女』（監督・深川栄洋）

『狼少女』DVD発売中
発売元：バサラ・ピクチャーズ
販売元：ポニーキャニオン
価格：¥3,990（税込）／2枚組

『ごめんなさい。ありがとう。』

それから大好き。

恋愛に必要な要素はこれに尽きると言っていい。クライマックスで、それどころか観終えた後までずっとずっと登場人物たちのこの声が聞こえ続けるとしたら、それはもう名作恋愛映画と言わざるをえない。しかも、映画のキャッチコピーとして使われているこの言葉、実際には作中にほとんど登場しないのだ。彼らはただお互いの名前を呼び合うだけ。懸命に走りながら、顔を真っ赤にして。

あきらくん。

てづかさん。

気持ちを言葉にする、ということをまだ知らない十歳の青春は、健気《けなげ》さと不器用さに胸がつまって息ができないほどだった。観ている大人である私たちには、呼び合う名前を通じて雄弁に聞こえる言葉。だけどお互いにはもどかしいくらい遠い。

何をもって「ミステリ」と呼ぶか。定義は人それぞれだ。私はよく「『謎』か『トリック』があれば」と答えているが、そこにもう一つ追加したいのが「秘密」である。

深川監督の映画の登場人物は、しばしばこの「秘密」を抱えている。それは「過去」と呼ばれたり、「傷」と呼ばれたり。そしてその「秘密」はいつも、明かされるためだけにそこにあるものではない。周囲の人々がそれをどう受け止め、接し、自分の立場に置き換えて考えていくか。彼らの葛藤や窮屈さ、優しさを体現しながら、観客もまた主人公と一緒にその「秘密」を共有することになる。

大人に禁じられている見世物小屋の中を見たい、という主人公・明の好奇心。帰り道の風景、土と草の匂い。私はこの場所を知っているし、この秘密の感覚に覚えがある。表現を知るはずの私たち大人でさえも声を失う瞬間。なんてすごい映画を観たのだろうかと、ラストはもう、言葉もない。

青春のただなかに

『春のめざめ』（劇団四季）

©劇団四季　撮影：下坂敦俊

『春のめざめ』の「春」とは、まさに思春期だ。

思春期の頃の私は、周りの大人をささやかに軽蔑していた。大人の多くが、自分が今夢中になっているような楽しみの一切を忘れているか、もしくは知らないように見えて、自分が子どもであること、多くの秘密を楽しむことができる立場にいることを誇らしく思っていた。

恋や性の問題は、その楽しみの最たるもの。十代の頃の自分の恋愛を思い出すと、とにかく一生懸命で、不器用ながらにドラマチック、そして危険に足を踏み込むような後ろめたさと常に隣り合わせにいた気がする。

なぜ、恋が後ろめたかったのか。理由は大人の「禁止」に尽きる。他の話題にはいくらでも饒舌《じょうぜつ》になる親や先生たちが、性の問題になると途端に気まずそうに顔をそらし、少しでも性描写があるドラマや漫画は「悪影響」の名のもとに私たちの前から遠ざけられた。恋についても同様で、私たちが必死に互いを求め、想う心は「子どもの遊び」のように鼻で笑われるか、「心配だから」という言葉によって規制や禁止を受けた。その実、誰もその本質について教えてくれない。なぜいけないのか、気まずいのか。学校の授業で行われる、黒板に図を描き、堅い言葉で先生が語る「性教育」にちっともリアリティーが感じられなかった経験は、私以外にも多くの人たちに共有されているものだと思う。

『春のめざめ』を観た時にまず感じたのは、あたかも自分の思春期を補完、肯定してくれるような圧倒的なリアリティーだった。しかつめらしい顔をした大人が語る「性」が、自分の現実や、今まさに同じ教室にいる自分が恋する男の子ときちんと地続きであることを教えてくれる。思春期の私が大人に求めていたものは「教育」ではなく「共感」だったのだと、あの時期を抜けた今になって初めてわかった。

その情熱、登場人物一人一人の想い、苦悩、悲しみ、喜び、歌声が一体となって実現する空間のスタイリッシュなかっこよさに感動し、しかし、観終えた後で感じたのは、思春期の真っただなかにいる世代がリアルタイムにこの舞台を観られることへの嫉妬だった。

『春のめざめ』は、一幕の終わりに最高にドキドキするシーンが用意されている。美しく、目がそらせず、息をするのもはばかられるような緊張感に満ちた、いとおしく、大好きで、そして胸が苦しい場面だ。どうしてこんなに惹きつけられてしまうのだろうと考えると、それはやはり、かつての自分が「あの頃」を通ってきたからに他ならないのだろう。

私はもう三十代だが、二十代のうちにこの舞台が観られてよかった。忘れかけていた、けれどもまだ生々しく熱い傷跡に触れられたような痛みが疼《うず》き、自分の中に「子ども」と「思春期」がまだ残っていたことを否応なく思い知らされた。

もし自分がもっと彼らの側に寄った十代、二十代の前半であったなら、この衝撃の受け止め方、感じ方は、さらに違ったものになっていただろう。ベンドラ、メルヒオールの立場そのもので苦しみ、ときめき、そして救われたかもしれない。誰に一番感情移入するかも、今とはまったく違っていたと思う。

思春期のただ中で『春のめざめ』を体験できる人たちは幸運だ。自分が今いる思春期と「春」が、生きにくくも、いかに恵まれた時代なのか、知らずにいるのはあまりにもったいない！

『春のめざめ』は、あなたが今、不信感を持っているかもしれない大人たちが、堅い言葉の向こう側に隠していた若者への精一杯のエールであり、思春期の恋と性への憧《どう》憬《けい》だ。だからこそ、こんなにも軽やかに、そしてエネルギッシュなのだろう。

謎解きのキス

『オペラ座の怪人』（劇団四季）

©劇団四季　撮影：荒井健

劇団四季の『オペラ座の怪人』の名古屋公演を観に行った。

実を言えば、『オペラ座の怪人』は、これまで原作を読んだり、映画やミュージカルビデオなどを鑑賞してきたものの、生で見るのは初めて。そして、やっぱり生の舞台で観てよかった！

少し前、とある雑誌で「結婚」がテーマのエッセイを依頼された時、私は『オペラ座の怪人』について書き、兼ねてから思っていたある疑問に触れた。

それは、クリスティーヌがラウルと去ってしまうラストが許せない、というものだった。私はいつも、物語の途中、彼女の心が怪人とラウルの間を揺れ動くのを魅力的に感じながらも、「なぜ、怪人を選ばない！」ともどかしい気持ちでいた。

もちろん、彼女がラウルと去るのは、彼の財力や美しい顔のためではなかったろう。しかし、彼には日向《ひなた》の匂いがある。暗く背徳の香りに満ちた怪人の地下室では絶対に叶わないもの。怪人との〝結婚〟は彼のために二度と日向に帰らないという約束を意味する。

だが、実際の舞台『オペラ座の怪人』でかわされたクリスティーヌと怪人のキスは、そんな私の気持ちを吹き飛ばすくらいの、静かに強い力を持っていた。あのキス。息を呑むほどの静けさの中にふっと現れた奇跡のように美しい瞬間は、もちろん、そこに至るまでの歌、舞台、美術、衣装、様々なものに導かれた結果だろう。あの場でなければ実現しない。

「絶望に生きた哀れなあなた　今見せてあげる私の心」

怪人の闇はより濃く、胸はますます痛くなるのに、クリスティーヌの心に迷いがなくなり、私たちはその姿を目撃して、息を呑む。

今日、ここでこうやって解決してもらうために、今までこのストーリーに惹かれてビデオや漫画、いろんな形の『オペラ座の怪人』を観てきたのかもしれない。そう思わせてくれた幸福な午後、劇場を出てからもしばらく、衝撃から立ち直れず、ぼおっとしていた。

古典の切れ味

アガサ・クリスティー『アクロイド殺し』（ハヤカワ文庫）

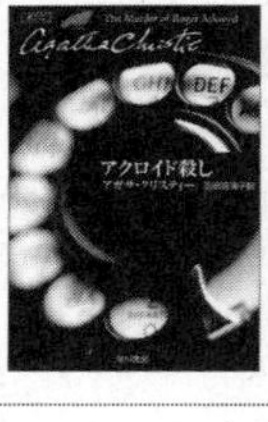

中学一年生の頃の私は、古典の名作なんて、どれもたいしておもしろくない、と決めつけていた。実際には、ほとんどの本を読んだことがないにもかかわらず。理由は簡単。大人が「読みなさい」と薦めるから。それに屈してなるものか、という意地があったのだ。

当時の私は、時代の最先端の文化は漫画やライトノベルで充分だと考えていて、それらを知らないように見える大人たちにささやかな優越感を覚えていた。

そんな時出会ったのが『アクロイド殺し』だ。

初めて読んだ夜の、あの衝撃と、そして動揺は忘れられない。作者は、ミステリ界の女王アガサ・クリスティー。この話は、その時私が敬遠してきた古典のミステリであるにもかかわらず、当時読んだ他のどの小説よりも新しく、鋭い切れ味を持っていた。

医師シェパードの手記の形で綴られる、ある殺人事件。不可能であると思われたその事件のトリックが明かされた時、あまりの驚きに本を落とし、その場で立ち上がった。

図書館に通い、無差別に本を読むようになったのはそれからだ。ドストエフスキーも、夏目漱石も、『枕草子』でさえも、不思議な話だが、この一冊の推理小説が私の思い込みを取り払ってくれることがなければ、その時期に手に取ることはなかったと思う。

まずは、活字を読む楽しみを。小説とは、古典とは、おもしろいのだということを、多くの人に知ってほしい。

骨に埋められた『黒猫』

エドガー・アラン・ポー『黒猫』（集英社文庫）

小学校の頃、放課後。他のクラスメートがすべて下校したことを確認して、そっと廊下に出る。誰もいない廊下は、白い壁がずっと向こうまで続いている。その壁を、指でそっと押して、撫でる。

あるいは夏の日、祖母が入院し、そのお見舞いに行った帰り。病院の廊下の冷たい壁に頬を寄せる。いけないことをしているような、後ろめたい遊びのように思った。あまりの心地よさに目を閉じて、しばらくずっとそうしていた。恐怖と快楽は紙一重だと初めて知った。

幼い頃、私は「壁」が怖かった。

ただしそれは決して嫌悪ではなく、目を逸《そ》らしたいけれど、それと同じくらい強い気持ちで惹かれてしまう、というあの感じだ。

「壁」恐怖の原因はわかっていた。ポーの『黒猫』だ。

小学校二、三年の頃だったと思う。

当時、私は古い平屋に両親と住んでいた。一人きり、夕方から夜に差しかかる途中の、暗く狭い部屋で読んだのが『黒猫』だった。

主人公が妻を殺し、その死体を隠す。そのシーンを読んだ時、戦慄が走った。思わず、自分の家の頼りない壁を見た。醤油の染みや、ポスターの鋲《びょう》の跡なんかが残る、生活感に満ちた薄い壁。この中に死体を塗り込む。この中で猫が鳴く。主人公の住む家は、うちのような日本家屋ではなく、壁だってきっと造りも素材も違うのだと理解はしていたが、それでもなお、そういうことができてしまうという事実が衝撃だった。

それは、じっと汗ばむような現実感に満ちていた。「壁」というのはそういうもので、そこは四次元であり、異空間。死体も悪意も人間のエゴも、全部を呑み込み、涼しい顔してそこにあるのだと、私に迫った。いくら子どもだからって、もちろん世の中のすべての壁に死体が塗り込められているなんて想像したわけではなかった。だけど、壁というものはどれも、死体や猫を呑む可能性があるのだ。その「今からの可能性」は、すでに終わってしまった誰かの事情を察するよりも、より強い力で私の心を揺さぶり、引きつけた。

それから一年ほどして、私のうちは、敷地内の庭に家を新築することになった。地面に線が引かれ、コンクリートが流し込まれて土台が作られ、機械が木を組み上げていく。作業が進む中、私は両親が呆れるほどの熱心さでそれらの作業を見守ることに没頭した。柱と柱の間、この位置に壁ができるという場所に立ち、自分の体を間に滑り込ませる。壁になる部分の厚みは、子どもの私よりほんの少し厚いくらい。今考えれば、成人の死体が入る厚さではないのか、と落胆してもよさそうなものだが、当時の私には逆に思えた。この程度の厚さしかないのに、それでも人や猫を呑み込むのだから、本当に「壁」というものは、築かれたその瞬間に宇宙とつながるのだ、と考えを飛躍させ、畏怖の念をさらに広げていった。

怖いのはたぶん壁の下の死体ではなく、今から自分が壁の中に何かを埋めること。それをやってしまうかもしれない、ということの方だと、最初に気づいたのはいつだったろうか。利己的な『黒猫』の主人公と自分とが、必ずしもそう遠い存在でないと感じたのは。

壁を見つめる私は、ひょっとして、いつか自分が何らかの感情を封じ込めるのに使う壁を探し、それらを見定めていたのではないだろうか。それは、家のものよりは学校や病院の冷たいコンクリートが近く、自分がその前に「何か」を抱えて立つ将来を思い描くと、息が詰まるような、その一瞬後で、体じゅうから力が抜けて楽になるような、不思議な感慨に襲われていたことを、もう否定できないほど、覚えてしまっている。

壁を怖がった少女時代が遠い昔のことになり、幸い、私は今のところ「壁」に何かを塗り込む必要に見舞われることもなく、今日まで生きてきた。あの頃のように「壁」に恐怖や魅力を感じることもうなくなり、その日々は穏やかではあるものの、やはり少し寂しい気もする。

「つまらない大人になっちゃったな」と感じるのとも似ている。

けれど、先日。

私は、とある場所に旅行に出かけた。田舎の寂れた温泉地で、観光客も私の他はほとんど姿を見ない。旅館を出て、町並みを見ながら歩くうち、森の奥で、その建物を見つけた。

白い漆喰《しっくい》の壁を持つ土蔵のようでもあり、それにしてはデザインがどこかモダンで、小さな洋館のようにも見えた。幼い頃、数々のミステリを読んで、頭の中で夢想した建物に、見様によっては見えないこともなかった。後で旅館の人に聞いたら、もう持ち主が誰かも定かではないような空き家の廃墟らしく、入り口の鍵も錆びたまま外れてしまっていた。

中に入ると、長い年月風雨に曝《さら》された室内は薄暗く、微かに湿気と黴《かび》の匂いがした。これもまた、昔、本を読みながら想像を膨らませたあの部屋のイメージそのままなのだった。何かに導かれるように、私は部屋の壁を見つめた。その色と手触り、匂い。コンコン、とノックするように叩くと、固くも柔らかくもない、素材の脆《もろ》さを感じさせるような手応えが返ってきた。

——これ以上ない、理想的な「壁」。

そう感じた瞬間、私はまだ自分の中の「壁」恐怖が死んでいなかったことを知る。この執着そのものが、私が幼い頃ポーに受けた呪いと祝福を意味している。私の骨に埋められた黒猫は、しっかりと息をして生きていた。

いつか何かで、壁を前に私が何かを抱える時。もうきっと、生涯そんな心配は杞憂《きゆう》に終わる。わかっている、確信しているけど、万一の時のため。

私はあの「壁」を持つ建物の場所を、今も誰にも話さずにいる。

ミステリ好きの子どもたち

モーリス・ルブラン『緑の目の少女』（ポプラ文庫）

　ミステリ好きの子どもで、ルパンとホームズの洗礼を受けていない子どもはいない。

　私と同年代の子どもの多くがそうだと思うが、ルブランの小説との出会いは学校の図書室だった。もともと本好きだった私は、視界のどこを見回しても本という、生まれて初めてみる状況に圧倒されつつ興奮し、手当たり次第に本を借りた。様々なものを無作為に読む中、自分の好きな物語に傾向があることに少しして気づいた。謎や不思議、神秘的な言い伝え、誰かの秘密。ミステリとか、推理小説と呼ばれる本を読む時、自分がより心を躍らせることに気づいたのだ。そういう仲間は他にもいたらしく、怪盗ルパンの全集は本棚に全部がそろっていることがまずなく、『怪盗紳士』や『奇巌城』などは、当時振られていた巻数のナンバーが若かったせいか、毎日のように通いつめても、実際に読めたのはかなり先になったのではないかと思う。

天才的な頭脳と運動神経を持ち、そのうえ変幻自在、高慢な大金持ちから金品を奪い、貧しい人に力を貸す大泥棒。ルパンの活躍は目まぐるしく、物語の舞台は一つところにとどまることを知らない。一体何が起こったのか、とこちらが頭を悩ませているうちに、場面はさらなる新しい謎へ飛び、そうなってくるとページをめくる手がもう止まらない。私たちはルパンと作者ルブランとに翻弄《ほんろう》されるがままに、ラスト、謎が解かれる瞬間まで導かれることになる。ルパンのシリーズが素晴らしいのは、それがミステリであると同時に、優れた冒険活劇であることだ。

後に大人になってから、そこにはもう一つ、南洋一郎氏の「文」の力もあることを知り、感謝を覚えた。私たちが読んできた怪盗ルパンは、単に文章を翻訳したものではなく、南氏が原作に基づき、少年少女のために書き表したものだという。だからこそ、「訳」ではなく「文・南洋一郎」と表記してあるのだ。

そんなルパンシリーズに魅了されてきた私たちは、ある日、教室で一つの論争をすることになった。それは、当時図書室で特に人気が高かった二つのシリーズ、ルパンとホームズのどちらがよりおもしろいのか、かっこいいのかを競うものだった。小学校三年生ぐらいだったと思う。ルブランの原作にもある『ルパン対ホームズ』にそのまま影響されて始まった遊びの論争だったが、私たちはみんな夢中だった。ホームズとは、言わずと知れた、イギリスの作家コナン・ドイルの小説に登場するあの名探偵である。

ルパン派の言い分に「ルパンの方が女にモテる」「優しい」というのがあって、それが特に印象的だったのを覚えている。『緑の目の少女』に登場するオーレリーとのエピソードもそこで登場した。

パリの街角で出会った、エメラルドのように澄んだ目をした美少女。オーレリーを巡って起こる事件の数々は、彼女に殺人犯の疑いがかけられるという衝撃的な展開からスタートする。絶体絶命の彼女の潔白を見抜き、彼女の抱える大いなる秘密を解き明かすことができたのは、女性に優しいルパンの魅力あってこそなのだというルパン派の意見には、確かに、大人になった今であっても大いに頷ける。

児童文学作家・砂田弘氏の文によれば、怪盗ルパンシリーズの中でルパンを愛した女性は、このオーレリーを含め、十六人にものぼるそうだ。女性が物語の鍵を握ることも多く、少女時代の私は、そんな女性の一人になりたい、ルパンに守ってもらいたいと憧れながら本を読んでいた。単純な正論を振りかざすヒーロー像と違い、自分の中の正義に基づいて行動するアルセーヌ・ルパンは、多くの女性にとって、初めて出会うダークヒーローなのかもしれない。背徳と危険の匂いがする恋ほど魅力的なものはない。

とはいえ、『緑の目の少女』の中で、ルパンはオーレリーに自らの正体を明かすことはない。穢《けが》れない彼女を徹底して守り通そうというその姿勢もまた彼らしく、数あるシリーズ中の恋の中でも、私はこのラブストーリーの結末が最も好きだ。祖父から受け継いだ莫大な財宝を前にしてオーレリーが取る決断も、大人になった今では、子どもの頃よりさらに感じ入るものがある。

子ども時代のルパン対ホームズ論争の軍配がどちらに上がったのかを、私は覚えていない。

それどころか、正直に告白すると、私は自分がどちらの立場で論争に参加していたのかさえ曖昧《あいまい》なのだ。それは、単に記憶が不鮮明だというわけではなく、そのぐらい、私たちにとって、彼ら二人が等しく身近なヒーローであったことの表れだろう。

ミステリ好きの子どもで、ルパンとホームズの洗礼を受けていない子どもはいない。

私が子ども時代を送った一九八〇年代を過ぎても、今とこれからがそうであることを、そうした子どもの一人として祈っている。

猫の目は何を見る

ナリ・ポドリスキイ『猫の町』（群像社）

数年前の春、私の母は女友達とともにカナダ旅行に行く予定だった。が、旅行まで一ヵ月に迫った頃、新型インフルエンザが発生した。日本でもウイルスを国内に持ち込ませまいとして、空港で厳重な検疫が行われ、初の発病者が出たとされると深夜のテレビニュースで厚生労働大臣が会見した。母たちは話し合いを重ね、結局旅行を断念した。それは自分たちの身を感染から守るためではなく、ウイルスの存在する国に出かけたことに対する周囲からの非難の目を気にしてのことだった。今になってみると、母はあの時のことを「夢を見ていたよう」と言う。興が殺《そ》がれてしまった旅行は、再計画の話をまだ聞かない。

『猫の町』の主人公が訪れたのは、旧ソ連の中でも最も遅れた田舎町。クリミア半島の海辺の町の人々は猫を愛し、街なかには「スフィンクス」の形をした猫の記念碑まで建てられている。しかし、ある日、人間が猫に襲われ、彼らから猫インフルエンザのウイルスが見つかると、人々は一斉に残虐な猫殺しに走り始めた。

三十年前に書かれた本作品は、単なるミステリ、パニック小説として楽しむにはあまりにも私たちの現実と近い。作品に一貫して流れる、常に誰かにつけられている、見えない黒幕の手によってすべてが動かされていると感じる狂気への誘《いざな》いは、旧ソ連で作者が感じた閉塞感の表れであるようにも読めるし、私たちが日々感じる不特定多数のマスの目への怯《おび》えや恐怖でもある。

猫自身は物も言わずにこちらを見つめるだけだが、その目の中に何を見るかは人それぞれだ。人は自分の内部にないものについては見ることができない。マスの目の存在を嘆き、旅行を取り止めた私の母たちの目線もまた、変化しやすいことで知られる猫の目の中に溶けていく。

そういえば、『猫の町』の猫たちはほとんど鳴き声が描写されず、人間の様子を窺って動くのみであることも興味深い。存分に声を聞いたような気になるのだが。

絶妙の映画体験

『世界最速のインディアン』（監督・ロジャー・ドナルドソン）

『世界最速のインディアン』
DVD発売中
発売・販売元：ハピネット

映画が好きであるがゆえに、楽しみにしている映画はできるだけ一人で観たい。趣味の合わない誰かと観に行って、自分の感動にケチをつけられたり、また逆に、相手が過剰にはしゃぐのについていけなくなったりするのが嫌だから、というのがその理由だ。

たとえば、本編が終わり、エンドロールを眺めていると、不意にトントン、と肩を叩かれるようなのは絶対いけない。私はたいてい、いい映画を観た後は、明るくなった映画館で、相手とすぐに目を合わせることができない。それぐらい余韻を引きずってしまう。妙に気恥ずかしいような気持ちになって、第一声や立ち上がるタイミングに戸惑う。そして、わがままな私の前にも、それらが絶妙な相手というのが時折きちんと現れてくれる。世の中には是非この人と一緒に映画を観たい、とこちらに思わせる人物もまたいるのだ。

友人Uくんと映画を観に行ったのは、その日が初めてだった。私は賭けに出た。『世界最速のインディアン』は、予告編を観た時から、そのスピード感とカメラワーク、アンソニー・ホプキンス演じる主人公の立ち姿のすべてがかっこよかった。

ニュージーランドの老年ライダー、バート・マンローが、ライダーの聖地アメリカのボンヌヴィル塩平原で世界最速の記録に挑むという物語。タイトルにある「インディアン」は、彼の相棒であるバイク、一九二〇年型インディアン・スカウトのことである。

塩平原をぶっちぎるスピードの美しさは予告編だけでもかなりの迫力で、私の期待は半端なものではなかったし、公開されたら一刻も早く観に行くと決めていた。飲みの席で一緒になったUくんと、たまたまその話になったのだ。

私たちが選んだ映画館、新宿のテアトルタイムズスクエアは、偶然にも実際に撮影で使用したというバイクが展示されていた。ボディがこすれ、ところどころに戦いの跡が残ったバイクの周りは大変な人だかりで、私とUくんはそれを冷ややかに眺めた。映画は期待しているけど、ああいうのはなぁ、と二人してかわいげのないことを思う。携帯電話を片手に写真を撮る彼らを横目に「あれ、撮ってどうするんだろう?」とか「後から写真見ても、きっとその時のテンションなんか忘れてるよね」とか、悪口を言い合った。

映画が始まる。

主人公バートは、六十三歳。若さもないし、収入も年金のみ。あるのは情熱と、四十年以上も前に買ったバイクのみ。自分の手で廃品を使って改良し、周囲に馬鹿にされながらも、夢を決して諦《あきら》めない。目指すは、世界最速。そのために、地球の裏側まで乗り込んでいく。彼に懐いた隣家の子どもだけが言う。『みんな無理だって言ってる。――ぼく以外はね』

惚れた。信じた。追いかけた。

映画のキャッチコピーの、まさにそのもの。憧れの大地に降り立ち、早朝の空気の中で太陽を見つめるバートの立ち姿は、彼の感慨が胸につまってそれだけで涙が出そうになる。

クライマックス、速度計さえついていないバイクに体を同化させるようにしがみつき、真っ白い画面をバートとインディアンが一直線に走り抜ける。みなが固唾《かたず》を呑んで見つめる記録。緊張の一瞬。次の瞬間、心がわぁっと快哉を叫ぶ。高ぶる気持ちのまま迎えたエンドロールの中、現れた文章にさらに鳥肌が立った。

――この物語は実話であり、バート・マンローの樹立した記録は、いまだに誰にも破られていない。

痺れた。もう本当にやられてしまった。

映画が終わり、館内が明るくなっても、私とUくんはしばらく動かなかった。やがて「さて」と彼が言った。横を向くと目が合った。彼が聞く。正面の、再び人だかりのできたバイクを指差しながら。

「世界最速のマシンを、撮影して帰ってもいいかい？」

まさに理想的。絶妙の間合い。私は頷き、携帯電話を片手に、一緒にインディアン・スカウトの元に降りていく。

『today』の記憶

スマッシング・パンプキンズ『siamese dream』（EMIミュージック）

先日、中古のCD屋の洋楽コーナーで、ある一枚を見つけた。スマッシング・パンプキンズの「siamese dream」。少女二人の顔がアップになったジャケットの写真に記憶を刺激され、即決でレジまで持っていく。十数年ぶりに、中学時代の友達さっちゃんのことを思い出す。

さっちゃんは華やかな子で、いつもきれいな格好をして、いろんなものを持っていた。気が強くて、だから何かと敵が多くて、だけど、話がおもしろいから、私は好きだった。当時の田舎の中学生には贅沢な持ち物だったポータブルCDプレイヤーを持っていて、それでいつも、彼女の大学生のお兄さんの趣味だという洋楽のCDばかりを聴いていた。

その頃、さっちゃんといる時の私はいつも、片耳にイヤフォンをはめていた。一つのプレイヤーから音を分け合い、同じ音楽を右と左で共有しながら、町で一番大きなショッピングセンターまで、土手の道のりを歩く。

中三の秋、そんな彼女が突然転校することになった。クラスメートの噂話が聞こえる。彼女のお母さんが、会員制クラブだかネズミ講だかの詐欺で逮捕されて、だからさっちゃんはこの町にいられなくなる。親が悪いことしてたから、だからあの子は華やかだったんだねぇ。

さっちゃんのクラスを覗きに行くと、彼女はみんなに囲まれて、糾弾《きゅうだん》されている真っ最中だった。ねぇねぇ、お母さん悪いことしたの？　わかりきったことを、クラスのリーダー格の女の子が笑いながら何度も聞く。やめなよぉ、と別の子がにやにやしながら諫める。

その日の放課後、私はさっちゃんと最後に会うことができた。土手に座り、また音楽を聴く。私にはかけられる言葉なんて何もなくて、ただできることはといえば、知らないふりをすることだけ、聞かないことだけだった。彼女も、私に家族のことは何も話さなかった。

私の右耳に、スマッシング・パンプキンズの『today』が聴こえる。さっちゃんと遊ぶ時間にはすべて音楽があって、私はどれを聴いても彼女と過ごした日々を思い出す。聴覚の記憶は意外と強い。土手からの夕日を眺めながら、ふいに私は、さっちゃんはここに、この音楽のことも、私のことも全部を捨てていくんだろうなぁと思った。この景色を封じ込め、このアルバムをもう二度と聴かない。それはつらい今日の記憶と、深く結びついて離れないから。私のことも、きっとそう。

どうか忘れないでほしい。その一言が、どうしても言えなかった。

数年ぶりに私が今聴く『today』。絶望の中に希望を感じさせる美しい旋律と歌声の中で、私は中学三年生のあの日に戻る。

ねぇ、さっちゃん。大人になったあなたはもう封印を解いてこの曲を聴くことができるようになっているでしょうか。結婚したと聞きました。あなたの築く家庭はきっと、センスのいい音楽に溢れた明るい家なのだろうと、私は確信しています。

私のお気に入り

好きなミステリ映画　『幻影師アイゼンハイム』

『すべてを欺いても手に入れたいもの、それは君。』

この映画のキャッチコピーを、観終わった後で振り返り、ため息が落ちた。

舞台は、ハプスブルク帝国末期、十九世紀末の芸術の都ウィーン。大掛かりなイリュージョン（幻影）を見せることで人気を誇る幻影師、アイゼンハイムが主人公だ。作中登場する、彼の作り上げる舞台の妖しく美しいこと！　物語は、彼と幼馴染みのソフィ、愛し合う二人が引き裂かれる悲しみを、全編通して描いていく。そのせいか、画面全体が、悲恋を象徴するような暗い色彩で覆《おお》われている。

この美しさ、暗さに引きずられるようにして、観客は彼の策略のまま、一気にラストまで導かれるのである。

もうこれ以上は何も言えない！エドワード・ノートンの鬼気迫る演技も本当に素晴らしい。

好きな戦国武将「武田信玄」

私は山梨県出身だ。

高校の入試の時、集団面接で「あなたの尊敬する人は？」と質問された。私も含め、みなが「恩師」とか「両親」とか答える中、一人の男子が「武田信玄」と答えた。面接官が理由を尋ねると、彼は実に熱く信玄堤の素晴らしさや、武田二十四将のことについて語り出した。面接時間がそれで終わってしまうくらいに（ちなみに、彼はきちんと合格できた）。

二十代も後半になったある時、ふと思い出して、知り合いの先輩に笑い話としてそのことを話したら、彼は全然笑わず、むしろ私に哀れむような視線を向けて「信玄のよさって、あまりに身近だからみんな気づかないんだよね」と言う。

その時に気づいた。私たちはどうしようもなく山梨県民なのだと。

だから私の好きな戦国武将は「武田信玄」。

それ以外の名前を答えようものなら、申し訳なくて、故郷の土がもう踏めない。

好きな幕末志士「伊庭《いば》八郎」

一條和春さんという漫画家さんがいる。美しい作画で独特の世界観を描く人で、新作を読むたび、毎回激しいショックを受けた。描かれていることすべてを自分のものにしたくて中学時代の私は身悶《みもだ》えるほどだったが、ひょっとして、当時の彼女は今の私より年下だったかもしれない。だとすれば、もう、本当に恐ろしい才能だ。

彼女の漫画に『願わくば花のもとにて』という作品があり、その主人公が彼だった。一條さんの描く伊庭のかっこよいこと。生き様と言葉、土方との友情に胸打たれ、私がそこから、数々の幕末ものに手を伸ばすきっかけになってくれた。

今回、この漫画を薦めたくて彼の名を挙げたようなものだが、彼女の描く岡田以蔵もめちゃくちゃいい。ラポートコミックスから出ていた『月とノスタルヂヤ』収録。どこかで見かけたら、是非ご一読を。

好きな児童文学『ズッコケ文化祭事件』

私は「子どもが大好き！　彼らの発想や考え方って大人にはないよね」とかなんとか無条件に公言してしまう人が怖い。それを言う〝あなた〟は、子どもに対して、優しいお兄ちゃんお姉ちゃん、懐かれ慕われる大人として接している自覚があるかもしれない。だけど、今、あなたが〝大好きな〟子どもたちと同じ年になって、彼らのクラスに戻されたところを想像してみてほしい。彼らに好かれ、輪の中心に入り、仲間はずれにされていないと断言できるだろうか。自信があるなら、私も文句は言わない。

『ズッコケ文化祭事件』を小学生で読んだ時、とにかく怖かった。大人にあんなに怒られるなんて。大人になった今読み返しても、今度は大人として、かつ作家の目線から、やはりより怖く、改めてすごい話だと思う。〝子どもが大好き〟な人に是非読んでいただきたい、私の「今」を支える本だ。

最も好きなドラえもん映画『のび太のパラレル西遊記』

　私は歴代ドラえもん映画の中で、『のび太のパラレル西遊記』が最も好きだ。理由は、主題歌が死ぬほどかっこいいから。

　大学生の頃、どうしようもないくらい気持ちが落ち込んだことがあって、廃人寸前になった。小説を書くことはおろか、学校も行く気しないし、人に会いたくないし、食べる気も眠る気もしないで、ただベッドの上で横になってる。かけっぱなしにしたCDが終わって、再び再生ボタンを押すのだけが、唯一の活動らしい動きだった。その時かけてたCDが、「ドラ・ザ・ベスト」というドラえもんの主題歌集。『のび太のパラレル西遊記』の歌に差しかかった時、それまで泣く気もしなかったのに、涙が止まらなくなって、頑張ろうと思ってしまった。理屈じゃなく、名曲というのはそういう瞬間を可能にしてしまう。

　私を救ったその歌『君がいるから』は、今でも、好きすぎて、特別な時にしか聴かないようにしている。あの時は、本当にお世話になりました。

幸福な勘違い

「小説」は、作者がどう書いたかではなく、読者にどう読まれたかを大事にしたい。というのも、私自身がそういう読者として、これまで本を読んできたからだ。最後のページを閉じた後も、胸にストーリーが広がり続け、あの登場人物はどうなったのだろう、と彼らのことを心配し、クライマックスを思い出すたび、それが電車で帰宅する途中であっても、家で晩ごはんを作っている最中であっても、ちょっと気が緩むと泣きそうになる。

そんな本が、私には何冊もある。

世代も、歩んできた背景も違う著者の書いた作品を、「自分のために書いてもらった」「私のことが書いてある！」と、もちろんそんなはずはないとわかってはいるものの、〝幸福に勘違い〟しながら、自分だけのもののように胸にしまってきた。

　小学校の頃から地区の図書館や学校の図書室に行くのが好きだった。当時、町の図書館から、絵本や児童書を載せたワゴン車が近所の神社や公園を回ってくれていたのだが、車を運転する司書のお兄さんは笑うと八重歯が見えて、〝八重歯のお兄さん〟に貸し出しカードの手続きをしてもらうのが、毎週、一番の楽しみだった。

　本との出会いは巡り合わせと運としか言いようがない。その頃家にあった本、ワゴン車に積まれていた本の印象は、それ以後に読んだものより別格に強くて、数はそう多くないものの、私はそのどれもを何度も何度も繰り返し、しつこく読み込んだ。自分の中にある〝本〟の量が少ないからこそ、一冊一冊への思い入れが半端じゃないのだ。『ドラえもん』のコミックスを例に挙げるとわかりやすいかもしれない。家に何巻があったかで、どの道具や話が好きかが人それぞれ、みんな違うはずだ。家にたまたまあったから、その時期に偶然読んだから、のエコ贔屓は、たぶん、一生つきまとう。

　人生で一番本を読むのに夢中になった時期は中学・高校時代で、この頃も私は読んだもののほとんどを、まるで自分だけが知っているような優越感を持って楽しんでいた。若さは恥の連続だから、感銘を受けた言葉を、借り物なのにさも自分の言のように振り回して悦に入り、まさに〝中二病〟さながら、イタイほどの必死さと想像力で読み込んだ。——その頃の自分の様子を思い出すと、もう恥ずかしすぎてのたうち回りたくなるほどなのだが、綾辻行人さんの小説や、それを入り口に知ったたくさんのミステリに出会ったのもこの頃。学校が終わってから眠るまでの読書が、どれだけ楽しかったたか。

岡崎京子さんの漫画を読んだのは、高校二年の時だった。学校からの帰り道にあるファミリーマートに『リバーズ・エッジ』が置かれていて、なにげなく手に取って立ち読みしたら止まらなくなり、それから毎日毎日、ファミマに寄るのが日課になった。買って一気読みするのが惜しいくらい心に突き刺さる言葉の連続で、苦しくて、本に縋《すが》るように読んでいた記憶がある。最後まで読み切った後に、とうとうレジに本を持って行き、その時の本は今も私の仕事部屋にあるのだが、その背表紙を見るたびに、今はもう、自分はあんなふうに泣くように吐くように切実に本を読むことはないのだな、と寂しい気持ちに襲われる。あの時、確実に『リバーズ・エッジ』は、他の誰にも自分以上に共感してほしくないくらいの「私の話」だった。

たくさんの本を、ただ自分が読んだというそれだけでエコ贔屓して、それらを血肉に変え、やがて私も小説を書き始めた。自分もそんな物語の向こう側に行きたい、作り手になりたいと願い、夢を見てしまったからだ。

そんなふうに願いながら小説を書いてきた中で、このたび私の『ツナグ』という小説が、光栄なことに第三十二回吉川英治文学新人賞をいただいた。

この小説は、死を扱った話で、たった一人と一度だけ、死者との再会が叶うとしたら――、というテーマ。その再会を仲介してくれる存在の名前を〝ツナグ〟という。三十代になったばかりの今の私の年で「死」について語ることはまだ早いのではないか、傲慢《ごうまん》ではないのか、と迷いながら、だけど、書き始めてみなければわからないこともあるはずだと腹を括って、五人の主人公を書いた。彼らが会いたいと望むのは、憧れていたアイドルや、癌で逝った母親、喧嘩したまま別れた親友や、失踪した婚約者など。

すると、刊行した後で、私よりずっと年配の方々から「自分だったらこの人に会いたいです」という手紙をたくさんもらった。中には、「本の奥付にある番号にかければ、ツナグが出てくれるんじゃないかと、何度電話しようと思ったかわかりません」というものまで。

それを読んだ時、自分の小説が、作者以上に、読者の誰かのものになる瞬間があることをはっきりと目の当たりにできた気がした。

受賞後に故郷に戻った際、私が通っていた図書館を訪ねると、かつてそこで働いていたという元職員の男性が「『ツナグ』、すごくよかったです。おめでとうございます」とぎゅっと手を握ってくれた。「ありがとうございます」と笑顔を返そうとしたその時に、彼の口元に八重歯が覗き、あっと思って、それから胸がいっぱいになった。

今の私の仕事が、読者に、その昔私がそう読んだような「自分の話」として幸福に勘違いされ、傍《かたわ》らに置いてもらえているならば、作者にとってこんなに嬉しいことはない。書いた話を、自分の思惑さえ通り越して、より豊かに読んでくれる人たちが必ずいると確信できる私は、これもまた、おめでたい勘違いかもしれないけれど、それでもやっぱり、幸せな作家だ。

III　四次元の世界へ

あしたも、ともだち

私が生まれて初めて映画館に行ったのは、小学校に上がる年の春だった。父と二人で出かけ、最初にごはんを食べ、それから大きな看板の前につれて行かれたことを覚えている。

並んだ映画館に、看板が二つ。一つは『ドラえもん・のび太と鉄人兵団』、もう一つはその時テレビでやっていた特撮ものの三本立て。私はそのどちらも好きな子どもだったので、散々迷ってから『鉄人兵団』を選んだ。

映画館でこそ観たことはなかったが、私はそれまでの『ドラえもん』映画も、すべて家でビデオで観ていたから、その時も期待して、わくわくしながらスクリーンの前に座った。

私の生涯の中でも、ベスト10に入るような感動を、私はその一時間半後に味わうことになる。きちんと意味がわかっていたとは思えないし、物心ついて観返した時、初めて感動できたようにも思えるのに、私は物語の中、リルルが消えていくところでわぁわぁ泣いていたそうだ。それからしばらくぼうっとしていて、父はそんな私をずいぶん心配したらしい。

あの日のあの選択がなければ、私は今ここに同じ形で生きていることはなかったかもしれない。まったく違った観点から物を見て、まったく違ったやり方で今日まで生きてきたかもしれない。

私は一九八〇年生まれで、映画『ドラえもん』とは同い年だ。あの年の『鉄人兵団』以降、毎年映画館まで足を運んでいる。

父と母と、妹と。小学校の途中まで、『ドラえもん』映画を観に行くことは家族の恒例行事で、私はそれが楽しみだった。観終わった後、映画館の向かいにあるレストランで甘いバターのかかったホットケーキを食べるのが好きで、私にとってはそのおいしさや温かさまで含めてすべてが、映画『ドラえもん』の思い出として、同じポケットの中に記憶されて入っている。今考えるとなんてことはないお出かけ、そんなにおいしいお店ではなかったのかもしれないが、あの時は、あのホットケーキが本当においしかった。今でも食べてみたいと思うし、数年前にそのレストランが閉店してしまった時は、前を通るたびにもの悲しい気分に襲われた。

その私の春の記憶の中で、最も思い出深いのは、今から十三年も昔、幼馴染みの恵子ちゃんとケンカをした時のことだ。その年、泣きながら一人で映画を観に行ったこと、薄く闇のかかった帰り道を胸がしめつけられるような思いで歩いたことを、毎年『ドラえもん』を観に行くたび、今も昨日のことのように思い出す。

小学校の途中から、私が毎年映画を観に行く相手は家族から友達へと変わっていった。親からお小遣いをもらい、友達何人かと待ち合わせて電車に乗って、映画を観てからごはんを食べる。お金の余裕はまったくなかったけど、その後でデパートや雑貨屋などを流し見て歩くのも楽しみだった。『ドラえもん』映画は単なる口実で、みんなにとっては遊びに出かけることさえできればそれでよかったのかもしれないが、そのイベントめいた雰囲気はとても楽しいものだった。

恵子ちゃんは、私のそんな仲良しの一人で、普段から「『ドラえもん』が好き」とよく言っていたので、映画に行くメンバーにはいつも入っていた。私たちの日常にあまりに深く根ざした国民的スター『ドラえもん』に対しては、みんなが好きで当然だろうという認識でいたから、私は恵子ちゃんの言う「好き」にも、そんなに注意を払っていなかった。わざわざ言うなんて変なの、という程度。

けれどある年、映画を観終えた帰り道、恵子ちゃんが雑貨屋に行くみんなと別行動して、本屋さんに行きたがった。私がついて行くと、彼女はそこで嬉しそうに、当時最新刊だった『ドラえもん』四〇巻を手に取り、お会計に持って行った。映画を観に行くと言うとお小遣いがもらえるので、その時に買おうと思って、今日を待ちわびていたことを教えてくれた。その時に思った。この子は今日、遊びに来たんじゃなくて、映画を観に来たんだなぁと。そう思うと何だか無性に嬉しくなって、私は毎年この子と映画が観られたらいいな、と思ったのだった。一緒に映画に行くことが、以来暗黙の了解になった。

小学校六年生になり、中学生になると、周りのクラスメートたちはみんな、段々と映画『ドラえもん』から卒業していった。アニメなんて子どもの観るもの、という意識が強くなり、観に行ったとしてもウケ狙いのような扱いになっていった。「俺、『ドラえもん』なんて観て、泣いちゃったよ」というような。私は、そういう声を聞くたび腹を立てていた。泣くに決まってるじゃないか、バカヤロウ！　と憤慨したが、それを口にするのも興ざめだから黙ってる。映画館に足を運ぶことをこそこそ隠したりしないかわりに、堂々と口に出すこともしない。そういうスタンス。

小学五年生まではどうにか前と同じように友達グループで観に行けたけど、六年生になると、もうほとんど誰も付き合ってくれなくなって、私は恵子ちゃんと二人きりでそれを観に行った。

その彼女とも、中学生になってからはクラスも部活も違ってしまい、ほとんど話さなくなった。中学の部活は休日もびっしり入ってることが多かったし、あの子はもう、映画に誘っても来てくれないかもしれないな、と思っていた。すると春休みの近づいたある日、恵子ちゃんが私の教室まで来てくれた。そして「今年はいつにする?」と聞いてくれたのだ。この時の感動は、言葉にならない。恵子ちゃんは私の「心の友」だと思った。日を決めて、今年も二人で映画を観に行くことを決めた。

けれど、その後で、私と恵子ちゃんはケンカをした。理由はよく覚えていない。とにかく意地と意地のぶつかり合いだったことだけは確かで、私は恵子ちゃんを悪く言って、彼女もそれに対抗した。子どものケンカだから、そうなるともう、止まらない。最初のきっかけは些細なことだったはずが、お互いにもう後にはひけなくなるところまできてしまった。あんなに楽しみにしていた映画も、一緒に行くのが嫌になり、約束は何となく自然消滅してしまった。

だけど構わない。悪いのは向こうの方だ。そう思っていたある日、私はふと遠目から、恵子ちゃんの筆箱の中に、見慣れないものが入っているのを見てしまった。それが何であるかを認識した途端、私は目に見えない何かに後頭部をしたたかに打ちつけられたような衝撃を受けた。それは『ウルトラドラ』という、プラスチックでできたドラえもんとドラミちゃん兄妹の小さな人形で、その年の映画の入場記念品だった。恵子ちゃんは、誰かともう映画を観に行ってしまったのだ。

いてもたってもいられないような、泣き出しそうな気分で、私はその日の放課後、衝動的に一人で映画を観に行った。映画館に一人で来るというのは生まれて初めての経験で、友達と楽しそうに来ている小学生グループやこの後ごはんを食べて帰るのであろう家族連れに混ざると、妙に肩身が狭い思いがした。恵子ちゃんは誰と来たんだろう。それを考えるとさらに気持ちが落ち込んで、胸が苦しかった。恵子ちゃんのことで頭がいっぱいで、とにかく悲しかった。

映画が始まる。

暗闇の中に広がる、その年のドラえもん映画は『のび太とブリキの迷宮』。

エンターテインメントは、人の気持ちを救う。それを私が明確な言葉で実感したのは、この日だった。恵子ちゃんともう仲直りできないんじゃないか。思いつめ、それをこの世の終わりに思っていたのが嘘のように、心がスクリーンの向こう側に引き込まれて行く。すごく、おもしろかった。観ている間、私は夢中で、ケンカのことをすっかり忘れていた。

普段の漫画の中では逃げてばかりいるのび太がこの時ばかりは勇気を出して悪に立ち向かい、いつも悪者のジャイアンも、友達のために力を貸してくれる。壊れたドラえもんが海底に沈められているシーンで、その痛々しさに息を呑んで心配して、クライマックス、ドラえもんがミニドラを出してウイルスをナポギストラーに打ち込むところで手に汗握って興奮し、サピオが両親と無事に再会できた時には胸に感動がこみ上げた。

映画を観て元気になるなんて、話の中だけのことだと思っていたのに、実際そうなってみて、私は驚いた。こんなに頑張ってる彼らに比べたら、自分が悩んでいたことなんてちっぽけなことだったのだと思えた。ドラえもん映画には、いつ観ても、そんなふうに不思議な力がある。藤子先生の手によってよく練られたプロットも、手に汗握る攻防戦での興奮も、シンプルに、だけど力強く伝えられるメッセージ性も、すべてはこの魅力に帰結する。それは、観ると、必ず元気になれるということ。

けれど、映画が終わり、スタッフロールが流れる頃になると、気持ちがまただんだんと沈み始めた。どうして自分が今一人きりでここにいるのか。なぜ、友達と観に来ることができなかったのか。それを思い出したからだ。

その一年前、『のび太と雲の王国』を観に行った時のことが、そこでふっと私の頭をかすめた。

私は恵子ちゃんと、ここで一緒にそれを観ていた。クライマックス、自分のしたことの責任を取ろうとドラえもんが自分の石頭を武器にガスの中に突っ込んでいくところで、私はわぁっと泣いてしまった。それは完全な不意打ちだった。こんなに泣いてしまってどうしよう、バカにされたらどうしよう、私は咄嗟《とっさ》に恵子ちゃんを見た。すると彼女は私よりずっと激しく泣いていて、暗闇の中で目が合うと、恥ずかしそうに「うわぁ、見ないで」と言った。植物星の大使が出てきてドラえもんを救うところで「ねぇ、あれってひょっとして……！」と顔を見合わせることのできる友達。それは、小学校最後、卒業式を終えてすぐの春休みの思い出だった。どうして私は恵子ちゃんにひどいことを言ってしまったのだろう。来月からは中学生になって、クラスも離れてしまうかもしれないけど、それでもずっと仲良くしようって、あの時、約束したのに。

その日の夜、私は恵子ちゃんに電話をかけた。おばさんが出て、彼女に電話を取り次いでもらうまでの間、私はほとんど息を止めていた。もし出てくれなかったらと考えると、怖くて怖くて、たまらなかった。だけど、なけなしの勇気を振り絞って、私は彼女を待ち、緊張して震える声で「ごめん」を言った。

六歳の日、二つの映画館の前で私にどちらを観るか聞いてくれた父の声を、今でも時折、懐かしく思い出す。もしあの時に『のび太と鉄人兵団』を選んでいなかったら。

もし、あの日、あの時、『ドラえもん』がいてくれなかったら。私の人生には、何度も何度も、そういう場面が登場する。いてくれてありがとう。

希望を素直に提示する力を、私は間違いなく『ドラえもん』映画から学んだのだ。

今も毎年、私は映画を観に行く。私に負けず劣らず『ドラえもん』映画を好きな友達たちと一緒に。それから、時々、苗字の変わった恵子ちゃんとその子どもとも。

帰りには、映画の中でしずかちゃんがよくそうしているように、バターの載った温かいホットケーキを食べる。

世界で一番好きなラブストーリー『パーマン』

一九八〇年生まれの私にとって、藤子・F・不二雄先生の作品は常に傍らにある存在だった。『ドラえもん』も『オバケのQ太郎』も『エスパー魔美』も『チンプイ』も、毎日どれかをテレビでやっていて、小学生の私は、今日は「『ドラえもん』の日」、今日は「『キテレツ』の日」、と頭の中で曜日を区別していた。国民的スターである彼らのことは、誰もが好きで当たり前だから、もはや好きとか嫌いとかいう次元ではなかった。自分が彼らを本当の意味で「大好き」なんだと気づいたのは、高校生になった頃だろうか。藤子作品全体に漂う優しさや、子どもの私にも感じられた科学の知識、その造詣の深さに魅せられ、全部を一括りに見ていたせいで、「『オバQ』世代」、「『ドラえもん』世代」と父の年代の人たちが言うのを最初に聞いた時は衝撃だった。『オバQ』も『ドラえもん』も、全部並列に私たちのもの。小学生の私にとって、世代で分けるのはリアリティーのない感覚で、私はすべての作品とキャラクターを自分のために描かれたものとして考えたかった。とても幸福なことだったと思う。藤子先生の作品とキャラクターは、私たち子どもの味方だった。アニメを入り口に少しずつそろえたコミックスは、大人になった今でも単行本や文庫で本棚に並んでいる。

そんなふうに作品群を読んだ私だが、中でも『パーマン』は特別な作品だ。

ごく普通の小学生、そして周りからはダメなヤツだと思われているみつ夫が、ある日突然、宇宙から来たバードマンに超人パーマンに指名される。家族や友達にも正体を隠し、パーマンセットを身にまとって活躍する。マスクもマントもバッジもコピーロボットも、わくわくするほど魅力的で、自分だったらこう使う！　とよく想像したものだ。

私のアルバムには、小学校に上がった年のクリスマスプレゼントに「パーマンセット」をリクエストし、両親が探して買ってきてくれたおもちゃのマスクとマントを大喜びで着用している写真が残っている。手をグーの形に握り締め、パワッチ！　のポーズ。おまけでついてきたシールは、かなりかすれてはいるけれど実家の食器棚にまだ貼られたままだ。

優秀かどうかは関係なく、「その力を悪いことに使わない」「その秘密を絶対他人にもらさない」という資格にあてはまれば、誰でもパーマンになれる可能性がある。1号は主人公みつ夫、2号はチンパンジーのブービーで、3号は少女スターの星野スミレちゃん扮するパー子、4号は頭の回転が早く、しっかりもののパーやん。5号の赤ちゃん、パーぼうは、これまでなかなかきちんと姿を確認することができなかったので、藤子・F・不二雄大全集の刊行に伴って、会うことができてとても嬉しい。パーマンの空飛ぶ力や怪力が羨ましいのもさることながら、このバラエティー豊かな顔ぶれによるチームが魅力的だ。ただそれは、私も入りたい、という願望というよりは、すでに自分がこの中に参加して、彼らと一緒に空を飛んでいるような気分でそう思う。

パーマンには、他にも素敵なキャラクターが数々登場する。犯罪者だが悪に一本筋が通った美学を持つ怪人千面相や、子どものような茶目っ気を持ちつつ、パーマンたちを大人に見守るバードマン（でも、実は少し怖かった）。全ギャド連や魔土災炎の懲りなさ。普段告げ口したり、何かと邪魔する妹・がんこがたまに協力してくれた時の抱きしめたくなるようなかわいらしさ！　彼らとのやり取りもパーマンを語る上では絶対に外すことができない。

さて、もう一つ。私はもし誰かに「あなたが世界で一番好きなラブストーリーは何ですか？」と質問されたなら、絶対に『パーマン』と答える。そして、これこそが私が数ある藤子作品の中でも『パーマン』を特別な話に位置づける最大の理由だ。

パーマン3号パー子は、小さい頃からずっと、私の憧れの女の子だった。おてんばで元気で、パーマンチームの中では女扱いされないけど、正体はみつ夫も大好きな大人気スター。どこへ行っても何をしていても特別な目で見られる彼女が、パーマン仲間と一緒にいる時だけは普通の女の子でいられるのだ。『パー子の秘密』という話の中で「早くバッジがならないかな」と呼び出しを静かに待つ彼女の姿を見て、胸がいっぱいになる。好きな男の子に自分の気持ちを（それに、正体も）告げることのできない、ひたむきな女の子なのだ。

最終話『バード星への道』を読むと、私は絶対に泣いてしまう。それはたぶん、パーマン1号みつ夫の成長を目の当たりにする感動と、彼とパー子が迎える結末に胸を締めつけられるような切なさを同時に覚えるからだ。

『パーマン』という作品は、主人公みつ夫の、ヒーローとして、男の子としての葛藤の記録でもある。パーマンとしてどれだけ活躍し、人のために役立って感謝されても、素顔のみつ夫は周囲からさえないヤツのレッテルを貼られたまま。気になる女の子に正体をバラしたくなったり、パーマンをもうやめたいと思ったり、普通の男の子がヒーローを務めることが如何《いか》に大変かということが描かれている。それでも、みつ夫は、「なんのとくにもならず、人にほめられもしないのに、なぜいくんだい?」とバードマンに尋ねられ、「わからない……。でも行かずにはいられないんです」と空に飛び立っていく。

だからこそ、最終話では最優秀パーマンに「みんなの中でいちばん頭が悪くて弱虫でなまけ者」なみつ夫が選ばれる。初めから優秀で勇敢な者ではなく、「弱虫が正義のために必死で勇気をふるいおこして戦うほうが、どんなにかたいへんだろう」と。ふざけ調子にひょうひょうと言うバードマンのこの言葉の「弱虫」は、「普通の男の子」と変換しても、きっと、そのまま意味が通る。ラスト、地球を去りがたく思うみつ夫がママに寄り添うシーンで、私たちは、最優秀パーマンになりうるみつ夫が、何も特別でない男の子であることを再度、認識させられる。パー子が好きになった彼は、まさにそのみつ夫なのだ。

藤子先生は、そんな二人に驚くような後日談を用意している。藤子先生の代表作『ドラえもん』の中で私たちは大人になった星野スミレちゃんにまた出会うことができるのだ。これを読んだ時、私は自分が見てきた藤子先生の世界が、その作品単体の枠を軽やかに飛び越え、どこまでも続いてつながっているのだと知り、心が震える思いがした。あんな気持ちは、これまでの読書体験の中でも他に例がない。

広がり、つながる作品世界。もしかしたら、私が今見上げるのと同じ夜空を、スミレちゃんやみつ夫が見ているのかもしれない。どこかに彼らがいるのかもしれない。そう感じさせてくれる藤子・F・不二雄ワールドに、一人でも多くの人がこれからも世代を超えて足を踏み入れ、それらを自分のものとして読んでくれることを心から願う。

OH！　マイ・ヒーロー・野比のび太

「『野比のび太』が私のヒーローです」なんて女子が合コンで言ったとすると、ちょっと嫌らしい感じがする。ある種の計算が見え隠れしてるようで、横の女友達に失笑されても文句は言えない。

だけど、許してもらいたい。私、彼のことが本当に好きで、理想のタイプなのだ。とりわけ、大人になってからの彼には、もうすっかり参ってしまう。

藤子・F・不二雄氏の名作漫画『ドラえもん』の主人公・野比のび太。ドラえもんに迷惑かけるし、ダメな子どもの代名詞のように言われることもしばしば。

そんな子ども時代を経て成長した大人の彼の姿は、タイムマシンに乗っていく「未来の世界」の住人として、時折作中に登場する。中でも有名なのは、数年前にアニメ映画版としてリメイクもされた『のび太の結婚前夜』の彼だろう。

のび太は、大人になってから、クラスのアイドルだった女の子、しずかちゃんと結婚する。この話は、その式の前夜のエピソードを綴ったものだ。

話のクライマックス、「うまくやっていけるかどうか不安だ」というしずかちゃんを、彼女のお父さんが「やれるとも。のび太くんを選んだきみの判断は正しかったと思うよ」と励ます。

「あの青年は人のしあわせを願い、人の不幸を悲しむことのできる人だ。それがいちばん人間にとってだいじなことなんだからね」と。

最初に読んだ子どもの頃には、意識しなかったこの言葉。だけど、年を取るとともに、これがどれだけ難しいことなのか、実感できるようになってきた。

他人の幸せ、私は素直に喜べるだろうか？　誰かの不幸を、何の打算もなく悲しむことのできる人間って、私の周りに一体どれくらいいるだろう。

そう考えた時、私も、のび太のような人のそばにいたい、と思った。心に魔が差し、真っ黒い感情の海に呑み込まれそうになった時、彼が灯台のように進む道を示して立ってくれていたら。

映画の終盤、大人ののび太が河原の芝生に寝転んで、夜空を見上げながら、ポツリと、ある一言を呟《つぶや》く。漫画にはないオリジナルのセリフ。だけど、それを聞くと、私は涙が止まらなくなる。

のび太がどうして、そんな個性のまま、大人になっても優しさを失うことなくいられるのか。大人になってなお、今も彼を支えるものを思って、それを胸に抱え続ける野比のび太は、やっぱり私のヒーローなんだと思う。

藤子・F・不二雄先生からの「手紙」

『ドラえもん』が大好き、藤子作品が大好き、と言いながら、実は私は「『ドラえもん』には夢がいっぱい」、「この作品にはこんな教訓が云々」とされる作品の読まれ方があまり好きではない。『ドラえもん』がおもしろいのは当たり前、SF短編にメッセージ性が宿るのも当たり前。それは夢や教訓なんて押しつけがましい言葉では見当違いだし、生やさしい。藤子・F・不二雄先生の作品は、一人の作家が心底漫画を愛し、自分の知識と技術を注ぎ込んだ上で、その人格のフィルターを通じて私たちに見せてくれた奇跡のような傑作なのだ。他の誰にも真似ができない。

藤子先生の作品はどれも、手紙に似ている。

『ミノタウロスの皿』を最初に読んだ時の世界観の揺らぎの感覚、『カンビュセスの籤《くじ》』の最後の一コマに涙がずっと止まらなかったこと、『劇画・オバQ』へのショック。読んでからずいぶん経つのに、セリフも絵も、鮮明に、強烈に覚えている。

私が特に好きな作品の一つに『宇宙人レポート　サンプルAとB』がある。藤子先生の原作に小森麻美さんが画を描かれたもので、シェイクスピアの『ロミオとジュリエット』の顚末《てんまつ》を宇宙人が観察したレポートとして語っていく。宇宙人にかかれば、恋も憎み合いも不可解な出来事として映り、バルコニーのジュリエットとロミオの語り合いは「大気振動の応酬」となるし、流す涙も「受光孔から液体を分泌」と味気ない。クライマックスの悲劇ですら「その後のばかばかしい経過」、「すべて彼等の貧弱な知覚能力と鈍い洞察力のためにおきた手ちがいにすぎない」と冷たい。おなじみのストーリーにちょっと意地悪な目線が加わった藤子SFならではのおもしろさにニヤニヤしていると、ふいに「すべてがおわった時我われの思考波にふしぎな乱れが生じた」という一文が現れる。

最初に読んだ子どもの頃には、その後のラストがどれだけすごいのか、完全には理解できていなかったと思う。今読み返して、初めて読むもののように私は感動し、なんてよくできた漫画であることかと、改めて驚かされる。

誰かが心を込めた手紙に書かれたことはすべて、受け取った相手一人一人の胸に必ず響く。たとえその時は素通りして読んでしまったとしても、時が経って読み返して、初めて受け止めることができるメッセージもある。手紙は捨てられることがまずないし、いつでも取り出すことができるタイムカプセルのようなものでもある。私に向けて書いてもらった、という幸福な勘違いをしながら、これからも、くり返し何度でも読むと思う。

その自由を許してもらえる雰囲気が藤子作品にはあって、その魅力は、教訓や夢なんて言葉とは、やっぱり離れた場所にある。そんなこと考えずに、その時々、楽しく読めばいいのだ。おもしろいのだから。

大山のぶ代さん訪問記

大山のぶ代さんにお会いする日、私は朝から落ち着かなかった。楽しみ、というより、信じられないという気持ちの方が強かった。

大山さんは、私にとって、物心つく前からずっと「のぶ代さん」だった。物心つく前、というのはそれが自分の母に聞いた話だからだ。録画したアニメの『ドラえもん』をくり返し観ながら、私は妹と一緒に、大山さんのことを「のぶ代さん」と呼んでいたらしい。まだ小学校に入る前で、他の芸能人や著名人のことは呼び捨てなのに、姉妹そろって舌足らずな声で「のぶ代さん」と呼び合っているのが、母たちからしてみると、大人ぶってるように見えておもしろかったそうだ。その様子は当時のうちのホームビデオにもしっかり収められていて、ドラえもんのぬいぐるみを振り回しながら、ちっとも似てない「のぶ代さん」の物まねをしている子どものいるお茶の間は、その当時、どこの家でも当たり前に見られた光景だったのだろうな、と自分のことなのにどこか微笑ましい。

名字の「大山さん」ではなく「のぶ代さん」と呼んでいたのは、お名前にひらがなが入っていたからだろう。まだ「大山」の漢字すら読めない頃から、私たちにとって、大山のぶ代さんは大スターだった。

そんなわけだから、待ち合わせの部屋のドアを開けて、大山さんの顔が見えた瞬間から、もう胸がいっぱいになってしまって困った。本当に本当に、本物の「のぶ代さん」！　第一声のご挨拶をばっちり用意してきたはずなのに、嬉しさと興奮で頭の中が真っ白になる。

棒立ちになった私ににっこりと微笑みかけ、大山さんが、先に話しかけてくれた。

「大山です。私、以前にもお会いしたことがあるような気がするんだけど、初めてなんですね」

声を聞いた瞬間に、不思議なことに、それまでの緊張がすっかりとけてしまった。理屈では説明がつかない懐かしい気持ちに引きずり込まれていく。毎週金曜日、夜七時。自分がテレビの前に座っていたことを思い出す。

「ドラえもんを観ていた時、いくつだったの？」

「私、映画のドラえもんと同い年なんです。小さい頃から、テープがすり切れるくらい、くり返し『のび太の宇宙開拓史』を観ていました」

「ああ、ずっと観てくれてありがとうございます」

「いいえ、こちらこそ。長い間、本当にお疲れさまでした」

こんなふうにご挨拶した後、お話ししたいことが本当にたくさんあって、うずうずした。大山さんがドラえもんの声をあてられていたのは、約二十六年間。本当に、ものすごい歳月だと思う。

一番最初の質問は、大山さんが一番好きな『ドラえもん』のシーンやセリフはなんですか、というもの。

「『海底鬼岩城』のバギーちゃん。しずかちゃんは僕が守らなくちゃっていうあのシーンが大好き」

「私も大好きです！　ポセイドンの口の中に飛び込んでいくところ、泣きながら観ました」

「ドラえもんをやっていながら、私も作品を観て泣いてしまうんです。自分のセリフで泣くなんて恥ずかしいと心配していたら、しずかちゃんものび太くんも、ジャイアンもスネ夫も、みんなそうなの。恥ずかしい思いをしなくていいんだって思ったんです」

当時のマイクの配置やそれぞれの立ち位置、「しずかちゃんは本当に子どもの声でえーん、えーんって泣くんですよ」、「感動映画の収録の時は、全員が目の前の床に、涙で小さな島ができるの」と教えてくれる大山さん。他の声優さんを「しずかちゃん」「のび太くん」の名前で呼んでくれるので、本当にもう、嬉しくなってしまう。

聞いてみたいことは山ほどあったけど、中でもどうしても聞いてみたかったのが、「藤子・F・不二雄先生ってどんな方でしたか」という質問。私たちが永遠に出会うことのできない先生について尋ねると、一呼吸おいて、こう答えてくれた。

「あんなに素敵な先生っていませんね。たくさんの漫画家さんや作家さんがいると思うけど、人間としてあんなに素敵な、先生のような方はただ一人だけなんです。いつのことを思い出しても、とても恥ずかしそうにしてらして、その感じが最高なんですよね」

スタジオに先生が初めて見にこられた時のことを、眩《まぶ》しいことを思い出すように目を細めてお話ししてくれた。

「とにかく一言、ドラえもんの仕事ができてとても幸せですっていうお礼を言いたくてご挨拶したら、『ドラえもんってあいう声だったんですねえ』って言っていただいたんです。嬉しかったですね。どんなことがあっても続けて、いい仕事を残したいと思ったんです」

先生が亡くなり、その後、先生のお弟子さんたちが原作を引き継いで映画が続いていくことが決まった時、「先生の蒔《ま》いた種が、こんな素晴らしい人たちを育てていたんだ」と先生への感謝の気持ちに包まれたそうだ。

お話ししてる最中、私が最も嬉しかったのは、二〇〇〇年の映画『のび太の太陽王伝説』の話題になった時。この年からしばらく、ドラえもんの映画は毎年ポスターにコピーを入れていて、私はそのかっこよさに衝撃を受けていた。光栄なことに、大山さんと声を合わせて、その一文を口にすることができたのだ。

「君は、誰を守れるか」

映画の内容に沿った大事なテーマであることはもちろん、大山さんはこの言葉の中に、ご自身の子ども時代を思い出したという。

「今から五十数年前、日本が戦争をしていた頃、小学校一年生で疎開を経験したんです。その時一緒に、学徒出陣っていうのがあってね。その人たちがまったく同じ言葉を言ったんですよ。僕たちは今、何を、誰を助けられるか。ドラえもんの仕事を通じて、また、この言葉に巡り会えるとは思わなかった。誰が作ったの、と聞いて回ったんですけど、わからなくて。誰がってことじゃなく、先生の気持ちを受け継いだ人たちの中から、こういう言葉が自然と出てきたのかなって思いました」

また、大山さんは、中学生の頃、ご自身の声をクラスメートにからかわれたことをきっかけに、お母さんからの励ましを受けて、放送研究部に入部された。その声が、今のお仕事につながっているのだ。私はこのエピソードを大山さんがテレビでお話しされてるのを観て、単に「ドラえもんの声優さん」というだけではなく、女優として、声優としての大山のぶ代さんのことが本当に大好きになった。

今も、自分をうまく表現できずに悩んでしまっている子がきっとたくさんいると思う。その子たちに何かメッセージをいただけませんか、とお願いした。

「母が言った通りの言葉でお話ししますね。手でも足でも、弱いと思ってそこを使わないでかばってばかりいると、ますます弱くなってしまう。弱いと思ったらどんどん使いなさい。そうしたら、きっといい声になるわよ。――私の場合、声は変わらなかったけど、このまま、どんどん使ってきました」

大山さんの著書『ぼく、ドラえもんでした。』を読んだ時、私は最初から最後まで、ほとんど全部のページに感銘を受けっぱなしだった。だけど今、実際にお会いしてみて、私は今度は逆に、「本の中に書かれていないこと」の方にも思いを馳せる。語り尽くすことができないくらい、もっとずっと多くのことが大山さんとドラえもんの二十六年間には広がっているのだろう。

当日はドラ焼きの用意があって、ドラ焼きを食べながらのドラえもん対談だった（なんて豪華な！）。取材が終わった後、大山さんが、食べ切れなかった残り半分を、そっと丁寧に包んで持って帰られていた。それを見て、ああ、ドラえもんの声は、当たり前にまっすぐで、だけどいろんな人が忘れてしまうような〝正しさ〟を持った人の、その姿勢に裏打ちされて生まれてきたのだと、些細なことだけど、そのことも本当に嬉しく、ありがたく思った。

『ドラえもん』は、のび太くんの友達であり、私たちの友達だった。これは私の世代、すべての人に共通していることだと思う。お説教しても、怒っていても、決して上の立場から物を言ったりしない。のび太くんがみんなと子どもだけで大冒険をしてる時でも、ドラえもんがいると、それだけで「大丈夫」って思う。その安心感、友達だけど、お母さんのようでもある温かさの「大丈夫」は、大山のぶ代さんの声でできていた。

最後にドラえもんの声をお願いすると、「いきますよ」とにっこり笑って、話しかけてくれた。

「こんにちは！　みづきちゃん。お元気ですか？　またお会いしましょう。バイバイ」

ドラえもんの、あの言葉遣い。大山さんとお話ししている間、普段から八十パーセントくらいドラえもんのお声なのだな、と思っていたけれど、実際の声の迫力は、私の想像をはるかに超えた百五十パーセントのドラえもん！　改めて、この声をずっと出されていたことのすごさに、心の底から感服した。

お会いしたことはないけれど、私の中にも、藤子・F・不二雄先生に蒔いてもらった種のもとみたいなものがある。そして、その種のもとを芽吹かせ、育ててくれたものの一つに、間違いなく、大山のぶ代さんがドラえもんに注いだ愛情と声がある。

そのお礼を直接伝えられた私は、とんでもなく幸運な〝子ども〟の一人だ。

「大山さん。私たちのドラえもんでいてくださって、本当にありがとうございました」

撮影　ホンゴユウジ

Ⅳ　特別収録　ショートショート＆短編小説

彼女のいた場所

お隣さんが死んだ。

交通事故だった。深夜の高速を彼氏とドライブしてる最中の事故だった。女の人で、表札が出てないから、名前も知らない。伊勢丹のフロアレディだったって、後から知った。

一ヵ月くらいして、荷物を片付けに老夫婦がやってきた。背中を小さくして、疲れたように肩をすぼめていた。大学に行こうと部屋を出たら、駆け寄ってきて「娘がお世話になりました」って、挨拶された。

何だか申し訳なかった。夜中に麻雀したり、迷惑をかけたのはこっちです、と言いたかった。

「私たち、何にも知らなかったんです。娘が東京でどんな生活してたか。分不相応な派手な暮らしをしてたんじゃないかって考えたら、情けなくて、苦しくて」

口調に、どこかの土地のなまりがまじっていた。俺はおずおず「あのう」と話しかけた。

「ポストの横に台があるの、わかります？　管理人さんが、断水のお知らせとか、注意書きを置くのに使ってる……」

お父さんらしき人が、顔をポストの方に向ける。小さなイーゼルみたいな台。横に、管理人さんの字で『この台を作ってくださった方、ありがとうございます。』と書かれている。

「あれ、段ボールでできてるんですよ。ぱっと見わかんないけど。あれ置いてたの、隣のお姉さんだと思います」

老夫婦が、はっと顔を上げて俺を見た。

「それまでは、注意書き、いつも廊下に落ちてて、管理人さん、ずっと困ってたんです」

二人は顔を見合わせていた。

大学から帰って来ると、お隣の引越しは終わってて、家の前にお土産みたいな箱菓子が立てかけられていた。丁寧な字で、手紙がついていた。

『娘の住んだ場所を、嫌いにならずにすみそうです。』

俺は頭をかきながら、お姉さんの顔を思い出す。挨拶程度しかしたことないから、うろ覚えだけど、きっと美人だった。もっとたくさん、話せばよかった。

写真選び

「どの写真がいい？」

仏間で線香を上げ、居間に戻ると祖父が写真を広げていた。東京で働く私が半年ぶりに帰省した夜のことだ。

こたつの上に並んでいるのは背広姿の祖父の顔写真だった。生真面目に頰を引き締めたものもあれば、歯を見せてにかーっと笑っているものもある。三歳下の妹が「こっちの方がかっこいいかなあ」と写真を見比べながら、すでに祖父と盛り上がっていた。

白黒と、カラーと。たくさんの表情のバリエーション。

妹は気づいていないようだけど、何のための写真なのかすぐにわかって、私はすっと息を呑み込む。

と同時に、思い出す。

祖母のお葬式の日のことだ。

納骨のため、近所にあるお墓まで、私たちは列になって歩いた。

癌、という病名を、私は祖母が亡くなってから知った。病院で亡くなり、帰ってきた祖母を自宅の畳に寝かせる時、祖父が「おばあさん、帰ってきたぞ」と呼びかけていた。仲のよい二人だった。

まだ若いのに、と親族たちが嘆く声を聞きながら、隣を歩く祖父の背中がふいに丸まって震えた。手にした遺骨を胸に引き寄せ、私に言った。

「見ろ。おばあさんがこんなに小さくなって……」

私は口が利けなくなって、初めて見る祖父の泣き顔にどうしていいかもわからずに、「うん」と頷き、俯いて、ただ一緒に歩いた。

あれから、十七年が経った。

もともとうちの中で一番社交的である祖父は、今日も、かつての同級生や町内互助会の集まりに忙しい。東京の私の家には、祖父が育てた桃や柿が毎年山のように届く。「俺が元気なうちは送ってやるから」が口癖だけど、まったく心配なんかしていない。

写真を孫娘と選ぶ祖父の姿は、どこか誇らしげだ。

「その、笑ってるやつがいいんじゃない？」

声をかけると、祖父が「これか？」と日焼けした手で写真を手にとり、私を見て嬉しそうに微笑《ほほえ》んだ。この十七年はそういう時間だったのだと実感したら、その顔がとても眩《まぶ》しかった。

さくら日和

1

『ひらかわ』のたいやきは、他とは違う。

うちの近所にある東《ひがし》公園前商店街の一角に、よく行列ができている。並んでいる人たちはお年寄りから小学生まで年齢が様々で、中には上着にネクタイのおじさんや、高いヒールの靴を履き、ヒラヒラ揺れるワンピースを着たお姉さんもいた。誰かと来てる人はほとんどいなくて、みんな黙って列を少しずつ移動して、自分の順番を待っている。

ここのたいやきを私が食べたのは、これまで一回だけ。『ひらかわ』の向かいのスーパーで買い物するとき、レジでお会計して、買ったものを袋に詰め替えてると、正面のガラス越しにみんなの行列が見える。並んだみんなの頭のさらに向こうで、おじさんがたいやきを焼いてる。焼く作業をするところが、そこだけガラス張りになってて、外からでも見えるようになっているのだ。

テレビ番組が紹介したとかで、『ひらかわ』のたいやきは、もうずっとこの商店街の名物だった。何ていう番組？　誰か芸能人来た？　と聞いたけど、お母さんが教えてくれた番組の名前を私は知らなかった。今はもうテレビで見なくなってしまったお笑い芸人が出てた番組なのだという。

「遠くからわざわざこのたいやきを買うためだけに来る人もいるらしいけど、逆に言えば、近所に並んで食べ物を買うのはちょっとバカらしいよね」

そう笑ったお母さんは、だけど、『ひらかわ』のたいやきをきちんと食べたことがあるらしい。お土産か何かでもらったんだって。だから、私は不満だった。「確かにおいしいけど、並んでまで食べるものじゃないわよ」とか「甘いだけだよ」と言われたけど、食べてみたかった。

念願が叶ったのは去年のことだ。

小学二年生から三年生に上がる年の春休み。昼下がりに公園で遊んで帰ろうとしたら、商店街の前でたまたま買い物に来ていたお母さんと会った。いつものスーパーで一緒に買い物して袋詰めの作業を手伝っていると、ふいに、お母さんが「あ」と声を上げた。あわてたように「美樹《みき》、早く」と私を呼ぶ。

顔を上げる。

『ひらかわ』の、いつも行列がある場所に、珍しく誰もいなかった。お店がお休みなのかと思ったが、ガラス張りの店内の作業場では、おじさんたちがたいの形の型に黄色いたいやきの素《もと》を流し込むのが見えた。みんな、『ひらかわ』と書かれた藍色のてぬぐいを頭に巻いている。

お母さんはすばやかった。いつもは丁寧に一つ一つビニールに入れるお肉のパックを三個重ねてごそっと大きな袋に入れて、野菜や醬油と一緒の別の袋に投げ込む。落ちそうにはみ出たねぎをそのままに、私の手を引っぱった。私は呆気に取られながら、ただついていく。普段おとなしくて穏やかな、うちのお母さんには見られない行動力だった。

たいやきはあと五分で焼き上がる、とお店のお兄さんから説明を受けた。何でも皮をパリパリにこうばしくするために、『ひらかわ』ではわざわざ三十分かけてじっくりとたいやきを焼くのだという。一斉にそうするせいで、焼き上がったたいやきが一つもないときがある。私たちが来たのは、その休み時間みたいな状態が終わる直前だったらしい。私たちが買い終える頃、まるでそれを合図にしたように、商店街のあちこちからいつものように人がわらわら出てきて、また後ろに列を作った。すっかり感心してしまう。何でいつも行列ができてたのか、仕組みがわかった気がした。

「お待ちどおさま」

お兄さんの手からたいやきを二つもらう。奥で作業してるおじさんたちよりずっと若くて、ちょっとかっこよかった。藍色のはっぴと頭に巻いたてぬぐいも、お兄さんが着てるとなかなかいい。お金を払うとき、教えてくれた。

「夕方になるとまた混んじゃうんですけど、平日の昼間はわりとこんなふうに空《す》いてるんですよ。よかったらまた来てください」

帰り道、お母さんと東公園に寄って、ベンチに座って並んで食べた。しっぽまであんこが入ったたいやきは確かにおいしかった。一つ、百五十円。私は長い間の憧れの食べ物を、ほとんど一瞬で食べてしまった。夢中になってたのだ。

「お父さんにお土産買えばよかったかな」

呟《つぶや》くと、お母さんが「大丈夫よ」と答えた。

「今日はほら、女同士の秘密。お父さんには、かわりに夜、ビールを出します」

「お母さん、走ってたね」

私が指摘すると、お母さんが笑った。親指の裏についたあんこをぺろっと舐めてから、照れ臭そうに言う。

「ごめんね。お母さん、今まで自分の気持ちに正直じゃなかったわ」

春だった。東公園の敷地をぐるっと囲んださくらが、風に吹かれてふわっと揺れた。

2

『ひらかわ』のたいやきが真においしかったことを知ったのは、その後改めて別のお店のたいやきを食べてからだった。皮が水を吸ったようにしっとりしすぎて重たく感じたり、逆にパサパサして物足りなかったり。あんこも真ん中にしか入っていないし、甘すぎることが多い。

二年生の春休みに食べたたいやきの思い出は私の中で美化が進み、ぜひもう一度食べたいと思ったのだけど、『ひらかわ』の前を通るときはたいていいつも行列だ。お母さんの買い物は時間帯が夕方だし、第一私はお小遣いがない。月に五百円もらえるけど、毎月二日に発売の『しゃぼん』を買ったらそれでおしまい。『しゃぼん』は続きが気になる漫画がいっぱいだから、買わないでいることなんて考えられなかった。たいやき分の百五十円があったらな、と思う。そしたら、どれだけ混んでたって自分で並ぶのに。

　また、春休みが来た。

　来月、四年生になったらお小遣いの値上げを要求しよう。東公園のシーソーの上で決心する。今週になってから急に暖かくなった。満開のさくらの下、ベンチでどこかのお姉さんがスケッチブックを開いていた。鉛筆を持った手をしゃっしゃっと走らせている。さくらを描いているのかもしれない。お姉さんは美人で、その上、楽しそうに絵を描いてる表情はかわいくも見えて、お姉さんそのものが絵のモデルになれそうだった。日本人形みたいなまっすぐな黒髪が、風にサラサラ揺れる音が聞こえてきそうだ。

　公園にはいろんな人がいる。

　反対側のベンチでは、肩をしょんぼり落としたおじさんが、それよりだいぶ年上のおばさんと一緒にぼんやり宙を見ていた。特に何を話すでもなく、おばさんがおじさんの肩に慰めるように手を置く。親子のようにも見えた。あのおばさんは、ひょっとしたらおばあさんの年なのかもしれない。ベンチの横に、公園には似合わないサラリーマンの書類鞄みたいなものが倒れていた。砂塗《まみ》れになってるのに、二人ともそんな気力がないみたいに、拾わないでそのままにしている。まるでそれの中味が空っぽで、もう興味がないみたいに。ただ、二人でさくらを見ていた。

『ひらかわ』の前の道を、私は未練がましくよくうろうろしていた。さも商店街の他のお店に用があるふりして、こうばしい匂いを嗅ぐ。行列は、昔ほど長くない気がした。お店のお兄さんが教えてくれた通り、タイミング次第ではかなり空いてるときもある。三十分に一回、大量に焼き上がるたいやき。余るときもあるんじゃないかなぁ。思っていたら、本当にそうだったらしいことがわかった。

その日、信じられない幸運が私に舞い降りたのだ。

「ねぇ、そこの子」という呼びかけが、自分に向けてかけられたものだと、私は咄嗟《とっさ》に気づけなかった。私はその日も、スーパーの壁に貼られたポスターを見るふりして、『ひらかわ』の前にいた。おそるおそる振り返る。周りに、私の他に子どもはいなかった。

店先から、一年前にたいやきを買ったときと同じお兄さんが顔を覗かせていた。笑っている。誰もお店の前に並んでいない。「頼みがあるんだ」とお兄さんが言った。

「これ、あげるよ。向こうの公園で食べてくるといいよ」

お兄さんの手には、白い包みがあって、私は「ええっ！」と心の中で叫ぶ。実際にはあんまり驚きすぎたせいで、喉からは何にも声が出なかった。

「坊ちゃん」

注意するように、お兄さんの横にいたおじさんの一人が言う。お兄さんが「いいじゃないか」と軽やかに笑った。

「きっとおいしそうに食べてくれるよ」

「いいの？」

早く喋らなければ、この幸運を逃してしまう。あわてて言うと、お兄さんが「はい」と包みをくれた。急いで覗き込む。信じられない。たいやき、二匹。紙袋越しの手のひらに温かい感触があって、嬉しさと感激に思わず膝がぶるっと震えた。

「焼きたてだからすぐ食べてね」

「ありがとう！」

頭を下げてから、私は走り出した。公園まで歩く道の途中で、一つ取り出してすぐに噛みつく。懐かしい、と思った。前食べたときと同じだ。パリパリして、あんこもたっぷり。他のとは全然違う。

歩き食いなんてお行儀悪いかな、と思ったけど、おいしくて、止まらなかった。丁度、三時のおやつの時間を過ぎておなかも空いていた。漫画の中で猫が魚を食べるときみたいにたいやきにむしゃぶりつく私を、通り過ぎる人がみんな見て行く。いいでしょ、おいしいの。すごく、おいしいの。胸を張って自慢する。しかも私、二つも持ってる。

公園に着く短い道のりの間で一匹食べ終えてしまい、残りの一つはベンチに座って食べた。今度はゆっくり楽しんで食べる余裕があった。

さっきの親子風のおじさんとおばさんの姿は消えていて、美人のお姉さんの方はまださくらを描いていた。戻ってきた私と、手の中のたいやきをちらっと見たのがわかった。

ふいに、あのお姉さん、私をモデルにしてくれないかな、と思う。こんなに嬉しいことがあった今日は、他にも何かが起こりそうな気がする。でも、そんなの欲張りすぎかな。

たいやきを渡してくれたお兄さんの、爽やかな笑顔を思い出す。優しかった。「坊ちゃん」って呼ばれてた。大人のお兄さんみたいに見えるけど、ひょっとしたら私が考えてるより、もっと若いのかもしれない。みんながしっかり前までしめて着てるはっぴを、今日は開けてた。下に着てた白いシャツが見えてた。ギターを弾く外国の男の人の写真がプリントされてたけど、あれ、かっこよかった。

顔が火照《ほて》っていくのがわかった。嘘みたいに、耳まで熱くなる。嬉しい、嬉しい、嬉しい。

商店街には野良猫が多い。餌をくれる人がたくさんいるせいだ。丸々と太った一匹の子猫と目が合った。歩みを止め、警戒するようにこっちの様子を窺《うかが》う。餌をあげるなら、来て触らせてくれるけど、こっちからただ近づくと逃げられる。野良に独特の、お得意の間合い。

これ、魚じゃないよ。あげないよ。

野良猫からも、絵描きのお姉さんからも視線をそらして、尻尾までたいやきを平らげる。

3

『ひらかわ』のお兄さんは私の顔を覚えたらしかった。

翌日のことだ。昨日のことをお礼に行こう、空いてる時間になったら話しかけに行こう。朝からそのことばっかり考えていた。だけど、行ったらお兄さんは気を遣って、また今日もたいやきをくれてしまうかもしれない。そしたら、始めからそれが目当てで来た卑《いや》しい子みたいになってしまう。あー、どうしよう。

そんな図々しい心配をしてた時点で、ひょっとしたら私は期待してたのかもしれない。私は、二日連続で、またたいやきをもらった。

昼間の『ひらかわ』の前には今日も人影がなく、お兄さんが昨日と同じように店番をしていた。躊躇《ためら》いながら近づいていくと、「あれ」と先に声をかけられた。店の前に行き「こんにちは」と姿勢を正して言う。今日はいつもたいやきを焼いてるおじさんたちの人数も少ない。

「昨日はありがとう。あっという間に食べちゃった。おいしかったです」

「歩きながら食べてたね。きちんとあの後で公園に行った？」

お兄さんが柔らかい口調で言う。私は顔が真っ赤になった。見られてたのだ、恥ずかしい。

「うん。一つは歩きながらだったけど、もう一つは公園のベンチで食べた」

「そっか」

「二つもくれて、ありがとう。いつも行列してて、なかなか買えないから」

「いいって」

お兄さんが右手を顔の横で振って言った。ドラマで見るみたいなかっこいい仕草で、私は何だか落ち着かなくなる。今日ははっぴの前をしめてる。だけど、ちょっとだけ白いシャツが覗いてて、私は、その柄が見たいな、と思った。

「最近、そんなに売れてないんだよ。行列するのも夕方の時間帯だけでさ。朝と昼間はほとんど毎回、焼き上げても余るから」

お兄さんが、ふいに店の中を振り返る。たいの形に盛り上がった鉄板から、シューシュー音がしていた。それからまた私を急に見た。店内の他の人たちを気にするように声をひそめ、「今日も頼みがあるんだ」と言った。私もつられて小声になる。

「何？」

「今、春休み？　もし暇だったら、これからしばらく、毎日このぐらいの時間にうちに来ない？　たいやきあげるから、また公園で食べて。さくらでも見ながらさ」

あまりのことに、どういうことか、何を言われているのか、一瞬まったくわからなかった。目を瞬く間に、お兄さんが「ダメかな？」とさっきよりもやや気弱そうな声を出す。

「それとも、もうたいやきなんて飽きちゃった？」

断る理由が見つからない。いいんだろうか。どうしてお兄さん、そんなに優しくしてくれるの？　誰にでもそうなわけじゃないよね？　そんなのたいやきが足りなくなっちゃうよね？

私にだけ――、と考えたら、つま先から順に体が溶け出すようなほんわりした気持ちになった。「いいの？」と尋ね返す。お兄さんが嬉しそうに笑い、「あと三分待ってて。すぐできるから」と答える。

できあがりを待つまでの三分間、私たちはお互いのことを少し話した。私が来月から四年生になることや、お兄さんが『ひらかわ』の家の息子であること。だからみんなに「坊ちゃん」って呼ばれることも。かっこいいね、と褒めるのに勇気がいった。

普段、同じ学年の男子相手にだったら、面と向かっては絶対に言わない言葉。だけど、このお兄さんなら、茶化したりはぐらかしたりせずに受け止めてくれる気がした。お兄さんは照れる様子もなく「ありがとう」と答える。

たいやきを袋に詰め、ナプキンとおてふきを一緒につけてくれた。両方とも、藍色の文字で『ひらかわ』と名前が入ってる。お兄さんたちが頭に巻いたてぬぐいと同じデザインだ。受け取るとき、たいやきが焼き上がらなければよかったのに、と思ったことに気づいて、自分でも驚いた。待ってる間の三分が永遠ならいいのに、とも思った。


昨日と同じように、一つを歩きながら商店街で、もう一つを公園で食べた。

公園には、昨日と同じお姉さんがいた。またベンチに座ってスケッチブックを開き、絵を描いてる。三月はあったかい日と寒い日の差が激しい。今日は風が少し冷たいせいか、口と鼻を覆うようにマフラーを巻いてる。あんまり見ていたら目が合いそうになったので、あわてて顔を伏せた。

たいやきを食べる途中で、あんこが指についた。もらったおてふきを出そうとしたけど、何だかもったいない気がして、封を開けるのをやめた。公園のトイレに入り、冷たい水で手を洗う。指がじんじんした。

顔を上げると、正面の汚れた鏡の中に、頬を赤くした私が映っていた。寒さのせいで、冬によくそうなる。「いなかの子どもみたい」って、よくクラスの友達からはからかわれるけど、うちのお母さんは「だからかわいいんじゃない」と言ってる。鏡に向け、目を大きく見開いてみる。私の顔、あのお兄さんの目に、どう見えてるだろう。

――私にだけ、くれるたいやき。

スキップしながらトイレを出て、わざと『ひらかわ』の前を一往復して帰る。さっきまで誰も並んでいなかった店の前は、いつの間にやらまた人垣《ひとがき》ができている。なんだ、お兄さんは夕方しか行列しないって言ったけど、けっこう人気だ。私だけの秘密の楽しみが他の人にも知られてしまったようで、ちょっとだけ残念に思う。

背伸びをすると、お兄さんが忙しそうに作業場とレジを行き来してるのが、顔半分と頭だけ見えた。

4

「お母さん、美樹に聞きたいことがあるんだけど」

夕ご飯の後、お母さんが部屋に来た。

廊下から、お父さんがテレビの野球中継を見てる音がした。何だか嫌な予感がして、私は黙ったままでいた。お母さんが後ろを向いて襖《ふすま》を閉める。私の目をじっと見ながら、「お母さんに隠してることない？」と聞いた。

「隠してること？」

「今日、お掃除で美樹の部屋に入ったら、これを見つけたの」

お母さんが手にしてるものを見て「あっ」と思う。『ひらかわ』のおてふきとナプキン。お母さんは困った顔をしていた。

うっかりしていた。『ひらかわ』に通って今日で三日目。お兄さんからもらったナプキンとおてふき。机の隅にずっと飾ってた。

「これ、どうしたの」

「もらったの」

答えるとき、声がぶれた。

「嘘じゃないよ。本当にもらったの」

信じてもらえるだろうか、こんな都合のいい話。だけど、必死に言う。何か誤解されてるんじゃないかと、気持ちがどんどん焦っていく。やましいことなんか何もないはずなのに、汗がふき出た。

三日前、急に『ひらかわ』のお兄さんから話しかけられたこと。気前よく、それから毎日たいやきをもらってること。商店街から公園まで行って、食べてること。全部本当のことだから、『ひらかわ』に聞きに行って確かめてもらってもいいってことも伝えた。お兄さんとの二人だけの約束を破ってしまうようで、何より、楽しかったこれまでのことを自分の手でおしまいにしてしまうようで、話しながら、何度も胸が苦しくなった。

お母さんは驚いていた。でも、「まぁ」と話の途中で何回か呟くだけで、黙って私の話を最後まで聞いてくれた。

「お父さんに言う?」

たまらなくなって聞く。テレビの向こうでバットがボールをかっ飛ばすカーンという音と、歓声が聞こえた。誰にも何にも迷惑をかけていないけど、親に隠れておやつを食べていたことは、それだけで叱られる原因になりそうな気がした。お母さんならまだいいけど、お父さんが出てくるのは本格的に怒られるときだ。そうなったら、私はもう言い訳する言葉も失って、ただ泣いてしまうだろう。

「言わないけど、お父さんも心配すると思うな」と、お母さんが言った。

「本当に『ひらかわ』さんからタダでもらってたの?」

「お兄さん、本当に優しい人なんだよ。あそこの子どもなんだって」

お母さんは手の中のナプキンとおてふきを見て、しばらく考えこんでいた。やがて顔を上げ、「美樹は〝サクラ〟なのかもしれないわね」と言った。

急に変なこと言われてびっくりしてしまう。満開の東公園のさくらの木を想像する。

「サクラ？　花？」

「ううん。違う、違う。他のお客さんをつれてくるために、わざとお店が用意する仕込みのお客さんのこと。嘘のお客さんって言えばいいかな。そういう人のことをね、サクラって言うの」

お母さんは言葉を考え考えしながら、「わかるかな」ってふうに私を見て続ける。

「わざとおいしそうに食べて、商店街や公園にいる人たちにアピールするの。いいでしょ、ほら、あなたも食べませんか？　そこで売ってますよって。美樹だって、目の前で誰かが何か食べてたら気になるでしょ？」

「わざとおいしそうに食べたわけじゃないよ。本当においしいもん」

「わかってるよ。お母さんもあそこのたいやきは好き。でもね」

お母さんの口元が緩んだ。

「美樹がおいしそうに食べてくれることで、お店も助かるってこと。それに、あそこのたいやきが焼けるのは三十分に一回で、それがいつのタイミングかわからないでしょう？　美樹が焼きたてを食べてれば、事情を知ってる人たちはもう焼けてるんだなってわかるでしょ」

そういえば、と思い当たる。私がたいやきを食べながら商店街を通るとき、みんなが私を見てたこと。公園から帰るとき、再びお店の前が行列になってたこと。だけど、うまく言えないけど、そんなの嫌だった。「タダより高いものはない」ってことわざがあることは知ってる。うまい話には裏がある。世の中はそんなにうまいことできてないって言葉だって。わかってるけど、そんなふうに考えるのは、お兄さんを裏切るみたいで嫌だった。

「明日も、『ひらかわ』に行く約束したの」

私は泣き出しそうになっていた。

「行っていいでしょ？」

お母さんが私を見つめる。間を置かずに「ダメよ」と答えた。

「今度、お母さんと一緒のときに行きましょう。タダでお店のものを何回ももらうのは、やっぱりあんまりよくないわ」

黙ってしまう。これ以上つっぱねて、お父さんに言われたら困る。

「美樹、返事は？」

唇を引き結んだまま、顎《あご》を動かし、こくんと頷《うなず》く。お兄さんの顔がチカチカ浮かんで、涙を呑む思いがした。

5

キミコちゃんの家に遊びに行ってくる、と嘘をついて家を出た。

私が〝サクラ〟だなんて、きっとお母さんの間違いだ。お金を払わない嘘のお客。お兄さん、お兄さん、お兄さん。

『ひらかわ』の前に行くと、明るく、楽しそうな笑い声が聞こえた。昨日までとは全然空気が違って見えた。店の前に、行列はない。私がたいやきをもらいに行くはずなのに、店の前に立ってたのは、公園で毎日見かけていたあのお姉さんだった。今日はマフラーを結ばずに、ただ両肩からだらりと掛けてる。顔を隠さず、すらりと立ってる姿はやっぱりきれいだった。

「ヒラカワくんが、はっぴ着てるなんてびっくり」と、お姉さんが言った。

「おうちのお手伝いなの？　ここのお店、おいしくて人気なんでしょう？　公園に来る人、みんな食べてるもん。すごいね、偉いね。ヒラカワくん、学校の制服と違って、そうしてると本物のたいやき屋さんみたい」

「ひっでぇな。本物って何だよ」

お兄さんが身を乗り出して答える。とても、とても嬉しそうに明るく。背筋をひやっと冷たいものが流れる。お兄さんの顔が、赤くなっていた。

聞いたことのない言葉遣いと声の出し方をするお兄さんは、今初めて見る別人のように見えた。いつもみたいじゃない。もっとずっと子どもみたいで、大人っぽくない。私の足はすくんだように動かなかった。だけどすぐ、金縛りが解けるような一瞬がやってきた。『ひらかわ』にくるりと背を向けて、公園の方に引き返す。聞きたいけど、聞きたくない。二人の声が追いかけてくる。耳に入ってしまう。

「だけど、本当に偶然だな。こんなとこ見られて恥ずかしい」

「美術部の課題なの。最近は毎日、あそこの公園に通ってて。でも、こんなに近くでも、ヒラカワくんがここで働いてるなんて、全然気づかなかった」

「ほんと？　――だけど、ああ、そういえば、俺、公園でオガワさんに似た人、見たような気がしてたんだよな。まさか、本人だとは思わなかったけど」

嘘だ！

私の心が叫び声を上げる。

お兄さんが言ってるのは嘘だ。ほとんど直感のようにわかってしまう。お兄さんはきっと知ってた。お姉さんがあそこにいること。私を公園に行かせた。たいやきを持たせて。おいしそうに食べさせて。

お兄さんが言う。明日も来てよ、オガワさん。軽い声を出すお兄さんは、もう全然かっこよくない。あの人のせいで、だいなしだ。

足がただ、前に前に、ぐんぐん出た。前につんのめるようになりながら、私はどんどん早足になる。俯《うつむ》いて、自分のつま先だけ見つめて、先を急ぐ。

嘘だ！

もう一度叫んで顔を上げると、東公園のさくら並木が、目の前に、まるで壁のように一面広がっていた。サクラ。お母さんから聞いた言葉。花じゃなくて、お客さんを連れてくる、嘘のお客。

お兄さんが連れてきて欲しかったお客さん。かっこよく働いてる、偉い自分を見せたかったお客さん。

私はもう、今日からはあそこに行く必要がなくなったこと。確かめなくても、ちゃんとわかった。私は本物じゃなくて、〝嘘〟だから。足が地面を踏んでる感触がほとんどない。どこも痛くないのに、体の中がワンワン鳴ってる。

6

そのまましばらく、いつものベンチに座ってさくらを見ていた。お姉さんが戻ってきて、たいやきを片手にまたスケッチを始めたら、それを恨みがましく睨《にら》む準備ができていた。だけど、お姉さんは来なかった。お兄さんとまだ話してるのかもしれない。考え出すと、嫌な想像が止まらなかった。

何でこんなに息苦しい気持ちがするのか、わからなかった。誰に聞かれても、説明なんかきっとできない。

「美樹」

夕方の買い物に来たお母さんが、私を見つけた。のろのろと振り返る。お母さんはすでにスーパーで買い物を終えた後なのか、白い袋を二つ提げていた。平然と、「何してるの」と聞く。キミコちゃんちに行くと言った私の嘘に、気づいたかどうかはわからなかった。

答えないでいると、笑いながらこっちに近づいてきた。スーパーの袋の中に、『ひらかわ』の紙袋が見えた。寄ってきたのだ。お兄さんと何か話しただろうか。だけど、お母さんは何も言わなかった。

「帰ろうか」とだけ、私を見下ろして言った。

頷いて、ベンチから立ち上がる。もう夕方になっていた。首筋を風が通って、私は「くしゅん」とくしゃみをする。

「あら」とお母さんが言った。

「美樹、そんなくしゃみだっけ」

「どんな？」

「くしゅん」

おかしそうに笑って、私の真似をする。きょとんとしてると「いいなぁ。美樹は今にモテモテだよ」と続けた。

「モテモテ？」

「そのくしゃみ、男の子に人気になるよ。うちのお父さんなんて、きっとめろめろね」

「めろめろ？」

「うん」

ふぅんと頷いて、お母さんの手を握る。モテモテもめろめろも、悪い気はしなかった。「練習しようかな、くしゃみ」ぽつりと言うと、お母さんがまた嬉しそうに笑った。「お母さんも昔、修業したよ」

お母さんの声を聞くのと、私が猫に気づくのが同時だった。

この間と同じ太った子猫の野良が、警戒するようにこっちを見ている。思わず、お母さんに頼んだ。たいやきを、ひとかけらちょうだい。

『ひらかわ』の袋に手をつっこみ、尻尾の先だけちぎって、猫に向かって投げる。指にまだ熱いあんこが触れて、やけどするように一瞬熱い。こうばしい皮の匂いがした。

地面に落ちたたいやきの尻尾。風にそよぐように転がっていく。猫がすばやく落下地点目がけ、走っていって捕まえる。その見返りのように、私たちが近づいても、逃げずに体を触らせてくれた。

「お母さん、この子飼っちゃだめ?」

――この猫の名前を呼ぶ声を、そのとき聞いた気がした。どうしてかわからない。振り返っても誰もいない。だけど、もうずっと前から知っていた名前のように、頭にふっと入ってきた。

また風が吹いてさくらの花びらが一緒に流されてくる。たいやきのおかわりを催促するように、猫が私を見て鳴いた。少し、かすれ声だった。

【付記】

「さくら日和」は、『9の扉』（マガジンハウス刊）というアンソロジーに収録された一編です。それぞれ独立した作品を書きながら、執筆者が次の執筆者を指名し、〝お題〟を手渡すリレー方式となっており、私のもとには、北村薫さん↓法月綸太郎さん↓殊能将之さん↓鳥飼否宇さん↓麻耶雄嵩さん↓竹本健治さん↓貫井徳郎さん↓歌野晶午さんという順番でつながれたバトンがやってきました。歌野さんから出されたお題は〝サクラ〟。

最初にお話をいただいた時はただただ嬉しく、二つ返事でお引き受けしました。これまでの執筆陣は大好きな先輩方ばかり。私からは誰にどんなお題を出そう、と気楽な気持ちで編集者に連絡を取り、青くなったのはそれからです。歌野さま！　私がラストだなんて聞いておりません！　アンカーなんて荷が重すぎます！

だけどもう、こんな幸運二度とないかもしれない、と覚悟を決めて、若輩者ながらに書いた最終回。今読み返すと、本当に楽しかったなあと、歌野さんにも、先輩方にも、心から感謝しています。

七胴落とし

「ミャーン」

（一）

「今の、何?」と尋ねたら、「……落とし」と答えた。「……」のところは、何かゴニャゴニャ聞こえたし、彼も何か言ったのだろうけど、その先は猫の領域で人間が踏み込めなかったからか、それとも私に能力がなかったからか、完全に聞き取ることはできなかった。

今日、娘と一緒に歩いてて、偶然黒猫と出会った。

公園のベンチの下。私にとっては初めて見る猫だったけど、娘にとっては顔なじみだったらしい。子どもを産むと同時に帰ってきたこの町は、流れ猫がたくさんいる。うちの庭で餌をもらい、別の家の庭でもまた餌をもらう、みんなで飼っているようないないような猫。

つないでいた私の手を振りきって、娘が走っていく。

「ミュウ！」とその猫のことを呼んだ。やっぱり知り合いらしい。全速力で向かってくる娘に怯《おび》える様子もなく、逃げず、悠然と構え、後ろの私に顔を上げてみせる余裕すらある。

娘が「ミュウ」と呼んだその猫と、私は目が合った。

その途端、頭の芯にびりっとした痛みが走った。そして、思い出した。

黒い体に、黄色い目。この猫はたぶん、うちの娘の監督猫だ。

あなたの街に猫はいるだろうか。

当然、いるだろう。

では、覚えているだろうか。子どもが猫と対話をし、そのことを大人になった途端に忘れてしまうという事実を。

あなたは、今、この話に大いに頷《うなず》いてくれているだろうか。それとも、そんなバカな、と一笑に付しておしまいにしてしまうだろうか。

どちらでもいい。でも、それは事実なのだ。みんな、忘れてしまうだけで、我々人間は、近所の神社の境内《けいだい》や、学校の帰り道のどこかで出会う猫から、たいていのことを教わる。明日の天気や、家までの近道や、塾をサボるときにちょうどいい遊び場の見分け方や、あるいは、大人は理不尽だというこの世の真理まで全部教えてくれる。子どもの頃、誰に教わったわけでもないのに、と大人に首を傾げられつつ会得している知識や技術は、大半が猫から伝授されたものだ。

「バビューン！　ってカンジなんだって」

「マジ？　俺、ガッシューン！　ブー」

擬音で意思疎通して聞こえる子どもの会話は、まだ言葉のストックが足りないからではなくて、選び取った言葉で会話を組み立てた結果だ。バビューン、ガッシューンでしか形容できない感情があって、子どもが持つその尖った氷のような感性を、大人は理解できない。この擬音、言い方は猫に教わる。

大人がグダグダ並べる、言葉を尽くし、その上ちっとも伝わらない長ったらしい説明は、この素晴らしいバビューンやガッシューンの感覚を失ってしまったせいだ。

子どもの言葉、猫に教わる感性のその鋭さ、素晴らしさ！　これらの言葉を失うことは紛れもない老化である。大人が子ども時代を終え、年を取るとともに語彙《ごい》を増やし、難しい単語を詰め込み増やす羽目になるのは、どうしようもないことなのだ。

〈オレはさー。みんなのことを見てるんだー〉

うちの町の子どもを取り仕切る猫はよく言っていた。取り仕切るというか、引き受ける、でもいいかもしれない。ともかく、猫は自分の管轄を理解していて、その土地の子どもに一応の責任のようなものを感じているらしかった。

だからこそ、子どもは猫が好きだ。その周りに群れ、甘え、撫で回す。あまりしつこく撫でたり、愛らしさにぎゅっと強く抱きしめすぎると、猫がさすがにその爪で引っ掻くということ、そうなるまでの撫で方抱きしめ方のちょうどいい加減というものも、子どもはその頃、猫から教わる。

肉球の柔らかさも、もちろん教わる。

子どもはみんな、猫を敬《うやま》い、集まる。原っぱに、神社の境内に、団地の裏に、飲み屋街の中にひっそりとある猫の額ほどの公園に。

あんまり好きすぎるから、人に取られたくない見つけられたくないという理由で猫を隠し、秘密基地に軟禁し、誤って死なせてしまうというような、まだ世の道理がわからない子どもならではの悲劇も、時折起こる。もちろん事故だが、とても悲しい。子どもはこの悲しみも、猫から教わる。人生最初の別離の悲しみを、猫に教わる子どもは多い。

私たちの猫は、黒猫だった。

特定の一匹を「私たちの」と呼ぶのは、先ほど書いた「責任」を主に感じる、現場の総監督のような猫は、各地域にだいたい一匹ずつだからだ。猫の言葉は、個体によって、どの程度子どもと通じ合うのかが違う。全然ダメ、何を言ってもウジュウジュとかムフュフュフュとしか聞こえない猫もいれば、逆に人間の大人のように不自由かつ難解な言葉でしか語らず、まるで意味不明な猫もいて、どの猫との会話が合うかもまた人それぞれだ。

私の場合は、チズちゃんちのミッキーとは全然ダメだった。でも、私にはチクワチクワとしか聞こえないミッキーの言葉も、チズちゃんには〈あなたのおうちは、やがて大変なことになりますよ〉と、理路整然として聞こえていたらしいから驚きだ（彼女の家は、その二年後、お父さんがよそに女の人を作って出て行ってしまう）。

その点、監督猫が話す言葉は、どの子どもにとっても安らげる、とても聞きやすい言葉だった。子どもたちはその話し方によって、「この猫がそれだ。監督猫だ」ということを本能的に見分ける。

うちの監督猫は、ミャウダさん、という名前だった。

あとは「ねえ、ねえ」とか「おい」とか「ミャー」とか呼ばれることもあった。臨機応変な子どもの呼び方は、どれもに親愛の情が込められていた。

色は、黒い。監督猫は、たいてい、黒い。どうしてかわからない。理由なんかないかもしれない。隣町から引っ越してきたシンゴ君に聞いたら、前住んでた場所でも黒かった、と言っていた。

監督猫の周りには、輪ができる。

監督猫が野良か家猫かは、それぞれ違う。ミャウダさんは、基本、流れ猫で、うちの庭にもご飯をもらいに来ていたけど、普段はだいたい、モモちゃんの家にいた。小学校への通学路の途中にある、猫好きで有名な一人暮らしのおばあさん。みんなからはモモちゃん、と呼ばれていた。大人も子どももそう呼ぶ。彼女が飼ってる十二匹の猫の中で、ミャウダさんは一番の年長者だった。

〈オレ、一、六六六歳なんだよー〉

教えてくれた。ミャウダさんは、ゆっくりと語尾を伸ばして語りかける癖があって、子どももみんなゆるい気持ちで話が聞けた。

縁側の窓が開きっぱなしで、通学路から中が丸見えなモモちゃんの家を覗き込むと、ミャウダさんがいる。私たちには、当たり前の光景だった。学校から帰ってくる時間がわかるように、待っていてくれる。給食の残りをあげると喜んだ。

煮干をあげたら、あんまり食べてくれなくて、猫だからって魚ばっかりがいいわけじゃないんだってことも知った。ミャウダさんの一番の好物は、牛乳にビタビタに浸したコッペパンの内側。

太ってて、丸いおなかが邪魔で肛門がうまく舐められないのが悩みだ、と教えてくれた。年を取って、動くのが面倒になってきたけど、〈若い頃はオレ、かっこよかったんだよー〉と言っていた。証拠はないから、わからない。

モモちゃんが縁側に布団を干してる日、ミャウダさんは薄目を開けて、眠そうに眠そうに、前足と後ろ足を交互に動かし、布団の上を踏み踏み、踏み踏みする。その顔が最高に幸せそうで、悦に入ってるので、子どもはみんな、そのときだけはミャウダさんに話しかけず、遠目に見るだけで満足することにしていた。

監督猫にどれぐらい夢中になるか、懐《なつ》くか、仲良くするかは人それぞれだ。学校でだって、そうだと思う。担任の先生に臆面もなく「大好き」とぶつかっていって積極的に仲良くできる子もいれば、遠慮してそうできない子もいる。休み時間に校庭で走り回る子もいれば、図書室で一人で本を読んでいたい子もいる。放課後、猫と過ごすかどうかはそれぞれの好みだ。

私は、猫と過ごさない側の子どもだった。

ミャウダさんのことは好きだったし、二人だけで話したこともたくさんあるけど、みんなみたいに毎日大勢で囲み、撫で回し、喉の下をくすぐるように何度も触ることはなかった。あの、喉から洩れる、ゴロゴロゴロという言葉は、撫でている人間にとっても体がとろけそうになるほど気持ちいい波動なのだと知っていたが、毎日聞かなくても良かったし、それに何だか、ミャウダさんに悪い気がした。うまく言えないけど。漠然と、悪いことをしている気がしていた。

ミャウダさんが私たちに教えてくれたこと、彼にできたことの一つに、「……落とし」がある。

最初に見たのは、ゆかりちゃんが学校のジャングルジムから落ちて、盛大に泣いたときだ。膝を擦り剝き、今まで見たどの子の怪我より、皮膚を擦り剝いた面積も大きく、滲む血も盛大だった。じわー、どばーって感じだ。

ゆかりちゃんは泣き、私たちはおろおろと困った。見てるだけで気が遠くなりそう。こんなに血が出てしまってどうしようってパニックになったゆかりちゃんは、保健室で消毒されている間も怪獣のようにぎゃあぎゃあ悲鳴を上げ続け、途中からは泣いてる理由もわからなくなったように、どれだけ泣けるかの耐久選手権のように泣き続けた。

放課後の帰り道、まだ泣くゆかりちゃんと一緒に、私はモモちゃんの家の前を通った。

すると、〈ゆかりさん〉と声がした。家を覗き込むと、ミャウダさんがいた。

ミャウダさんは、「待っていた」という顔で、ゆかりちゃんの姿を確認すると、縁側から重々しい足取りで降りてきた。ゆかりちゃんは、泣いてることをミャウダさんにも見てほしいように、まだしくしくやっていた。

「私ね……」

〈うん、うん〉

「ジャングル、ジム、から、落ち……。それ、で」

〈うん、うん〉

横で付き添っている私には、ミャウダさんが、今、ゆかりちゃんの途切れ途切れの話を聞きながらも、すでに全部を知っていたことがわかった。

〈手を貸してごらんよー〉

ミャウダさんが尻尾を、風にそよぐ猫じゃらしのように揺らして座り、話を聞き終えると、前足を上げて言った。

ゆかりちゃんは泣きながら右手を伸ばした。

シャボン玉同士が空中でぶつかるような軽さで、二人の手と前足が触れる。ふわっと、緑色の光が彼らを覆った気がした。

〈はい、これでいい〉

一瞬だった。ミャウダさんが前足を離したとき、ゆかりちゃんはただきょとんとして、もう泣いていなかった。不覚にも泣き止んでしまった、という様子のゆかりちゃんは、一瞬の間の後に「あっ」と自分の手を見つめ、それからまたミャウダさんを見た。

〈もう、痛くないでしょー〉

尻尾を振り振り、ミャウダさんが言う。ゆかりちゃんが、壊れたおもちゃの動きのようにこくん、と首を動かした。横で見ていた私はびっくりし、思わずミャウダさんに尋ねた。

「今の、何?」

〈……落とし〉

当たり前のことのように答える。「……」のところは、何かゴニャゴニャ聞こえたし、彼も何か言ったのだろうけど、単語ではしっかりわからなかった。だけど、納得した。窓の汚れを落とすように、たぶん、ミャウダさんはゆかりちゃんから痛みを落とした。

落とすのは、痛みだけではなかった。

例えば、ミッキーに〈あなたのおうちは、やがて大変なことになりますよ〉と忠告をされ、その二年後、お父さんがよそに女の人を作って出て行ってしまったチズちゃんは、お父さんが消えてからしばらくして、ミッキーと一緒にミャウダさんの元を訪れた。お父さんが出て行ってからというもの、チズちゃんはずっと学校を休んでいた。

心配そうにチズちゃんを見るミッキーの言葉は、私には相変わらずチクワチクワと聞こえていたが、ミャウダさんは頷いた。〈引き受けましたー〉と。

〈みんなよりだいぶ早いですけど、仕方ないですねー〉

ミャウダさんがチズちゃんを呼ぶ。自分の前足を上げた。

泣いていたチズちゃんと手をつなぎ、緑色の例の光をどんどんどんどん拡張させながら、同じ丸い光の輪の中にいるミャウダさんのおしりを、肉球みたいに真ん丸い別の光の輪がさらに覆う。

わぁわぁ泣く、チズちゃん。

緑色の光の色が濃くなればなるほど、悲しみを外に引っ張り出されているように、彼女の喉からの泣き声も大きくなる。

〈……落とし〉しようと、チズちゃんの手に肉球をくっつけ続けるミャウダさん。

ゆかりちゃんのときと違って、すごく時間がかかった。静かにずっと同じ姿勢のままでいるチズちゃんとミャウダさんを残し、私たちは夕ご飯の時間が近づいていたので、みんな家に帰ってしまった。

その次の日、チズちゃんは元通り学校にまたやってくるようになった。お父さんのことなど気にしていないように元気で、もう家のことは話題にしなかった。ただ不思議なことに、あれだけお世話になった当のミャウダさんのところには、もう誘っても来なかった。ずっと仲が良かった自分の家のミッキーとも、毎日一緒って感じじゃなくなってた。

そして家庭の事情、という理由で一ヵ月後には転校してしまった。そのときにきちんとミャウダさんにお礼の挨拶に行ったかどうか気になったけど、わからなかった。

ミャウダさんは、悲しみも落とせる。嫌なことを、忘れさせてくれる。その小さな真ん丸い肉球に吸い込むように。

子どもはみんなそのことを知っている。だから、猫の元にせっせと通う。でなければ、子どもはどうやって日々過酷な現実の只中で、怪我や理不尽に耐えられるだろうか。傍らに猫がいるからこそ、耐えられるのだ。

「どうして、そんなことができるの？」

聞いてみたことがある。ミャウダさんはすましたように黙って、答えない。

「ミャウダさんの中に、痛いことや嫌なことを全部しまってるの？」

掃除機を想像した。床の汚れを吸い込んできれいにした後の掃除機の中は、埃がたまってパンパンになる。ミャウダさんが吸い込んだ埃は、どこに行くのだ。

〈ううん、ううん。違うー。ご心配いただいてるところ悪いのですがー、猫にとって、人間の泣くことなんか全部、どうでもいいのです。オレには痛くないのです、悲しくないのです。何でもないからやってるんですー〉

無理してるようでもなかったし、本当にそんな感じに見えた。自分が普段、悲しがったり痛がったりするのがバカみたいに思えるほどだった。〈どうでもいいのですー〉とミャウダさんが繰り返す。

大人に怒られたこと、友達と喧嘩したこと、このあたりの子どもは、そういうものを全部ミャウダさんの中にしまう。ミャウダさんの体には巨大なブラックホールみたいな穴が空いてるのかもしれない。ミャウダさん、色も黒いし。

私がミャウダさんを毎日囲む一団から離れたのは、この「……落とし」のせいだった。みんながすぐにミャウダさんの前足を握ってしまうのが、何だかずるをしてるみたいで後ろめたかった。

だから私は、みんながミャウダさんに「……落とし」をしてもらってても、見るだけでやってもらおうと頼んだことはなかった。痛いことや悲しいことがあっても、ミャウダさんに全部預けてしまうのは、気が進まなかった。

そんな私の気持ちをよそに、放課後、みんなはミャウダさんに夢中だ。ちょっとしたことで甘えるように前足を握り、ミャウダさんも断らない。

よく笑い、よく泣き、今泣いていたと思ったら、すぐにまたけろっと立ち直っている子どもの秘密。大人から見たら、ただ遊んでいるようにしか見えない猫との対話。猫が「にゃーん」と形容される声で、あまつさえ「鳴いている」などと分類され勝手に理解されてしまう感覚は、大人になるまで、子どもは知らずにいる。

子どもの鳴き真似、小さい子が「ニャーニャー」としてみせるアレだって、大人からはそう見え、聞こえるだけで、本人たちにとっては、その時々の猫の語り口調でそのまま話しているのだ。きちんと、〈あ、それはきっととうもろこしの缶詰めのことですよー〉などと真似て話している。

あの、ニャーニャー。

私にはもう、それは言葉としては聞こえないけど。

（二）

「四年生の兼松くんたち、もう聞こえなくなっちゃったらしいよ」

小学三年生にもなると、周りにそういう声を聞くことが多くなっていった。

兼松くんたち、の顔を思い出す。背が高くて、足が長くて、かっこいい男子って感じの彼らのグループ。サッカーの後も、塾帰りも、カブト虫採ってても、学校の行き帰り、ミャウダさんを始めとする猫たちへの挨拶を忘れたことがなく、そんなところもかっこよく見えた兼松くんたち。

そういえば最近、モモちゃんの家の前を通るときも、彼らは庭や家を覗き込んでいなかったような気がする。そうか、もう聞こえなくなっちゃったのか。

考えたら、ぎゅっと胸が痛んだ。

私にも、いつかそれが来るらしいと思ったら、落ち着かなくなる。

一つ上の子たちが、もうできない。兼松くんたちは背も高いし、大人っぽいけど、もっとずっと子どもっぽい、身近で仲のいい一つ上の女の子たちの顔を想像してみる。素子ちゃんや奈々枝ちゃんたちは六年生だけど、まだたまにミャウダさんのところに来てるし、飼ってる猫とも話してる。だから、私も大丈夫かも。

聞こえてるものが聞こえなくなるなんて、しかもそれをおかしなことだと思わないなんて、なんだかとても変だ。信じられない。「……落とし」は一度もしてもらったことないけど、ミャウダさんや他の猫と話せなくなるのは嫌だった。

不安だし、失ってしまって平気なのか、とも思うけど、ミャウダさんに夢中だった子たちは、聞こえなくなった途端に、本当に忘れてしまう。いつそうなったのかもわからないほど自然に、もう興味の対象が猫でなくなってしまう。いろいろ他にも忙しくってさ、って顔をして、ミャウダさんのいるモモちゃんの家の前を自転車で素通りするようになる。同じく聞こえなくなった友達と一緒に、彼らには彼らの楽しみが別にあるのだというふうに。

その頃、私に年の離れた妹ができた。

八歳差。ミャウダさんは、妹のことも、うちが今どんな状況かってことも、全部知っていたようだった。妹が生まれた二日後、一人きりで帰宅途中だった私を呼びとめた。

〈勝又《かつまた》家に、女の子が生まれたねー〉

じっと、私を見ていた。

ミャウダさんの周りに、その日は誰もいなかった。一対一で見つめ合ったまま、私は何も言えずにこくんと頷いた。

わかっていた。

ミャウダさんを独占できるのは、いつだって、ミャウダさんとの会話を覚えたばかりの幼稚園児か保育園児、または小学校低学年の子たち。私はもう中学年。ミャウダさんは今に、うちの妹とも話をするようになるだろう。

何も言わない私に、ミャウダさんがそっと前足を上げる。肌色の肉球。爪をしまって、穏やかに私の方に伸びる。

〈大丈夫ー?〉

「大丈夫!!」

誘うような声に、私は首を振る。平気、平気、平気。言い聞かせるように。

ミャウダさんはそれ以上には何も言わなかった。〈そっかー〉と、何もなかったかのように前足をまたそろえ、いつも自分が寝ている縁側の指定席に戻る。はかったようなタイミングで、下級生の子たちがやってきた。ミャウダさんをいじり、「聞いて聞いて」と手を伸ばす。

「……落とし」の緑色の光が、ぽうっと視界の隅に灯るのを感じながら、私は、そそくさと家に帰った。


ミャウダさんと妹が会ったのは、それから少ししてだ。

病院にお母さんを見舞った後で、お父さんと三人、車に乗ろうとしたら、駐車場に黒猫が現れた。

〈文枝《ふみえ》さん〉

と、いきなり呼ばれて驚いた。ミャウダさんだった。

怪訝《けげん》な顔をしたお父さんが、ベビーカーに片手を添えたままこっちを見てたけど、近寄ってきたミャウダさんに、私はしゃがみ込んで語りかけた。

「どうしたの？」

基本、流れ猫のミャウダさんだけど、最近はおなかが重たいとかで、モモちゃんの家以外で姿を見るのは久しぶりだった。もともと縁側と庭でだって、そんなに動かないでどっしりしてるのだ。同じ町内とはいえ、こんな遠い場所まで来るなんて。

〈その子が勝又家の、二人目の女の子ですねー。名前は確か、公子《きみこ》さん〉

「うん」

ミャウダさんの目は、ベビーカーの中の公子を見ていた。

私が近づくと、公子はミャウダさんに負けず劣らず大きくて丸い瞳をくりくりさせながら、ミャウダさんを見ていた。赤ちゃんは、力が強い。「あー、あー、あー」と声を上げながら、そのままがっしりと私の指を握る。痛いくらいの力がぎゅっとこもっていた。

まだ、ミャウダさんの言葉がわからないのかもしれない。生まれて初めて近くで見る猫に、びっくりしているのかもしれない。

——それとも、ミャウダさんは公子の「あー、あー、あー」で私にもわからない会話を交わしたのだろうか。ミャウダさんなら、できても不思議じゃない。

昔、〈みんなのことを見てるんだー〉って言ってたミャウダさんだったら、私たちの家に生まれた子どもを見に来てもおかしくない気がした。

公子、離して。と思う。

握られた指に、小さな爪が食い込んで痛かった。きっと痕がくっきりついてしまう。これまでも何回もあった。離そうとしても、嫌々をするみたいにますます強く握って、強引に離れるとぐずって泣き出す。

「文枝、行くよ」

お父さんが言う。ミャウダさんに向け、しっしって追いやるジェスチャーをする。うちは動物を飼ったことがないし、お父さんにとって、たぶん猫は怖いものなのだ。公子に襲いかかるくらいに思ってるのかもしれない。そんなわけ、ないのに。

「ごめんね」

呼びかけ、公子に指を握られたまま行ってしまおうとすると、ミャウダさんは〈気にしてませんー〉と大きく欠伸《あくび》をし、駐車場の端っこにある草むらに向けて歩いていく。

別の猫が〈あ、ミャウさん、ミャウさん！〉と懐かしい友達に会ったように駆け寄っていく。ミャウダさんは、さすが遠い場所まで来ても顔が広い。

違う猫の縄張りに来て、喧嘩したりしないかな。

心配だったけど、次に振り向いたときにはもう、猫たちの姿はどこにも見えなかった。

縄張り、と考えたことで、そっか、と思う。

ミャウダさんは、本当に、私と公子を見に来たのだ。違う縄張りまで、わざわざ。

ミャウダさんの姿が見えなくなったことで警戒を解いたように、公子が私の指を握る力が緩んでいた。その隙をついて指を抜く。つねられたような痛み。赤くなってる。公子の涎《よだれ》で濡れていた。

今は身構えてるあのミャウダさんに、お前もいつかお世話になるんだよ、と心の中で呼びかける。公子はお父さんの車のチャイルドシートに移されてすぐ、寝てしまった。

赤ちゃんにはもう、どんなに小さくても爪がある。ミャウダさんに落としてもらわなきゃならない汚れみたいな嫌なことは、あるのかどうかまだわからない。

（三）

私がミャウダさんと話せなくなったのは、その翌年、小学校四年生の夏だ。もう、猫の言葉は聞こえない。

私は、悲しみの真っ只中にいた。公子はまだ、一歳にもなっていなかった。学校を何日も休んで、そのまま、もう、何もしたくなかった。必要なことが全部終わっても、学校に平然と行く自分のことが想像できなくて、涙も、泣きすぎてもう頬っぺたがひりひりするやら、泣いた気はするけど本当は泣いていなかったのかもしれず、よくわからなかった。

お母さんが、死んだ。

妹を産むときから、無理かもしれないって言われてたらしい。もともと体が丈夫な方じゃなかった。産むことをおばあちゃんに反対されたり、大人の事情はいろいろ、たくさんあったらしい。わかんなかった。いろんな話を後から聞いて、どれを正確に理解してたのかしてなかったのか、曖昧《あいまい》だけど、当時から家の中に漂ってた不穏なあの空気のことはよく覚えてる。うちが何か変わってしまうらしいってことを、肌でピリピリ感じていた。

嫌だった。

変わらないでほしかった。

妹なんていらないから、お母さんに今まで通りいてほしかった。

いらない、いらない、いらない。

公子が生まれてから、お父さんもおばあちゃんも、公子にかかりきりになった。私のことは全部、一人でできるでしょってふうだった。その上、お母さんもいない。もう、会えない。

公子。

何にもわからない公子。お母さんのお葬式でも場違いなとこでぐずって泣いたり、それどころか、みんなが泣いてる最中にキャラララって声をたてて笑ってしまう公子なんか、大嫌いだ。

〈文枝さんー〉

学校にまだ行きたくないと駄々をこね、家で寝そべっていると、縁側のガラスをカリカリ引っ掻く音が聞こえた。

ミャウダさんだ、とすぐわかった。

すりガラスの向こうに、ぷっくりした黒い体が見える。

薄目を開けて、寝たふりを続けようとしたけど、ふくふくした髭の周りの頬っぺたの感触や、喉の下を鳴らすときのあのゴロゴロした振動や声を思い出したら、無性に懐かしくなった。

しばらく誰にも会っていなかったし、まだ会いたくなかったけど、ミャウダさんになら会いたい気がした。

窓を開けると、ミャウダさんはもう引っ掻くのをやめて行儀よく縁側に座っていた。全部、わかってた、というように。

〈開けてくれると思ってましたー〉

猫はいつも、わかっているのだろう。真ん丸い目で、たとえ、わかっていなかったとしても、わかってた顔をするのが許される。それが猫。

おばあちゃんは近所に出かけていて、家には今、私と公子の二人だけだった。ベビーベッドに寝た公子。ベッドの脚に貼ってあるハート型のシールは、雑誌の付録だったやつをお母さんが貼ったのだ。

喉の下を無言で撫でる。ミャウダさんは気持ち良さそうに目を細め、すぐに指に振動を伝えてくれた。ゴロゴロゴロ。

〈文枝さん〉

目を細めたまま、軽く、本当にたいしたことないのだというように前足を上げる。肌色の、真ん丸い肉球。「……落とし」されたくないから、ミャウダさんの肉球には、私、触ったことない。

〈触るー？〉

悲しみを吸い込み、人間のそれなど取るに足らないことだからと、呑み込みためる「……落とし」。

一度も、したことない。

後ろめたいことだと思ってた。みんなが、少しの怪我や悩みをミャウダさんに吸い込ませて、知らないまま、忘れたまま、許されてしまうのは恥ずかしいことだと思ってた。

ベビーベッドの上で、公子が「あ」と声を出した。赤ちゃん特有の、泣き声のような、あの声だ。お母さんの貼った、ベビーベッドのシールが見える。

ミャウダさんが目を開けて、じっと私を見上げていた。こんなにまっすぐに、誰かに覗き込まれたことはない。

〈もうそろそろ、いいと思うんですー〉

ミャウダさんの喉の下から、指を離す。

手が震えていた。思い出す。お母さんの、いろいろ。公子の生まれる前によく作ってくれた料理の数々。読み聞かせてくれた本の数々。大きくなっていくおなか。公子が生まれてからのこと。もう食べられない、お母さんのハンバーグ。

元通りに、なるんだろうか。

そっと手を伸ばすと、磁石のNとSがくっつくみたいにぴったり、引き寄せられるように、手のひらがミャウダさんの肉球についた。

わあ、と声が出る。

びっくりするほど柔らかいけど、ぷにっと弾力がある。他の猫のもずいぶん触ってなかったから忘れてた。こんなに気持ちいいんだ。心がふわっとするんだ。

〈いくよー〉

ミャウダさんの声がするけど、いつも聞こえるのより、ずっと遠く聞こえる。「うん」と私は頷く。任せてしまっていいんだ、と思う。

体が宙に浮き上がる。今、空を飛んでいる。

確かにそう思う。体が浮かぶ。手のひらから順にすっぽり、見えない何かに包まれていくようだった。横で友達がやってるところなら何度も見てきたけど、これがあの緑色の光の中なのだろうか。心地よく、息を一つすると胸の中にまっさらな空気が送り込まれるように、呼吸がだんだん、楽になっていく。

いろんなものが見えた。私ではない誰かが見た光景、感じたこと。ジャングルジムで泣いてる記憶。血がいっぱいの、恐ろしい傷跡。こんなに血を流しちゃってどうしよう。混乱。

あるいは、盗んでしまったボールペン。ない、ない、と泣きそうになりながら探している友達の青い顔。もう、戻せない、だけど、持て余している。もういらない。

告げ口、失恋、人に見せられないテストの点数。

裏切り、後悔、両親に本当は仲良くしてほしいこと。

整理して、しまってあった引き出しがすべて開いて、混ざり合い、中味が溶け合いながら私を溶かしていく。嫌な感覚ではなかった。体が呑まれていく。

全部、全部、取るに足らないこと。

人間のことなんて、猫には消化する必要もないこと。ミャウダさんのブラックホールの中味。
開いた引き出しの一つ、一番下の段が空っぽだった。見て、即座に悟る。あれは、私のための場所。私をしまうための場所。プールに入るときのように、私は息を止め、緊張しながら飛び込みの準備をする。指先を緊張させ、かがんで、さあ、今！

そのときだった。

「あ」

と声が聞こえた。
「あ、あ、あ」
ぐずるような、泣き出す一歩手前の声。邪魔しないで、と私は思う。咄嗟《とっさ》に。だけど、正直に。公子の声。赤ちゃんの「あ、あ」。沸騰する前のやかんが少しずつ蒸気を吐き出すように、ふー、ふー、と煮え立つように、声が揺れる。とうとう、公子が泣き出した。

ミャウダさんの引き出しに今しも飛び込もうとしていた私はバランスを崩し、空中分解した心を抱えたまま、自分が通り抜けてきた場所を思い出す。自分の来た場所を仰ぎ見る。海の底から、海面の遥か上の太陽を見つめるような気分だった。

公子。私の妹。

「あああー、あああー」

泣いてる公子が、「お姉ちゃん」と言ってることが、なぜだかはっきりわかった。お姉ちゃんではないかもしれない。あるいは「文枝」。私の名前。ともあれ、どちらにしろそれは私のことだった。公子に意識され、思われている。公子は、私という人間のおよそすべてを、全力で呼んでいる。

その途端、指がじん、と痛んだ。

いつも、公子につかまれる指。どの指も、一度は爪の痕をつけられるほど強く握られてきた。ミャウダさんに怯えたときも。いずれ、お世話になる大事な監督猫のミャウダさんさえ怖くて、公子は私に縋《すが》ってきた。何度も何度も、離そうとしたのに。

手のひらに、公子の爪とミャウダさんの肉球の両方の感触が戻ってくる。水底に潜ったつもりでいた、吸い込まれた自分は、もうどこにもいない。

目の前では、ミャウダさんがじっと私を見ていた。

泣いている公子の声は、本物だ。私を呼んでる。緑色の光が、じわじわじわじわ、広がったり、小さくなったりしながら、私たちの周りを包んで飛んでいる。

ミャウダさんの目が、試すように、私の心の奥底を見透かすようにこっちを見ていた。

その途端にわかった。

私が本当にしたいこと。

「ミャウダさん」

できるだけしっかりと聞こえるように、呼びかける。

「『……落とし』、やめる」

尻尾の先から電流がビッと走ったみたいに、声を受けたミャウダさんの体がピン、とまっすぐになった。身震いするように、ぞわっと姿勢を正す。それでいて、真ん丸い目が穏やかに私の決心を肯定していた。知っていた、というように。

〈そろそろ、いいかなって思ってたんですー。文枝さんは、そろそろ〉

公子が背後でまだ泣いてる。行ってあげなきゃ。指をつかませなきゃ。

あの子は、私が食べたお母さんのハンバーグを一生食べることができない。

嫌がられ、邪険に振り払われても、私の指に爪を立てるしかない。妹だから。そして、私は、お姉ちゃん、とあの子に呼ばれている。ミャウダさんとつながったから、今、そう聞こえるのだろうか。この悲しみは私のもの。

重ね合わせた肉球に引き寄せられるようだった私の手のひらに、今度は逆にミャウダさんの前足の方が吸い寄せられてくる。覗き見たと思った感情が水のように流れ、柔らかい肉球から伝わってくる。

ミャウダさんの体から流れる感情の水は、洪水だった。だけどもう、呑み込まれることはたぶんない。

みんなこうしてきたのだと、その瞬間に悟った。

『……落とし』で封じ込めた感情や傷を、みんな言葉を失うと同時に自分の中に取り戻す。ミャウダさんから、それに相応《ふさわ》しいタイミングで受け取る。

まだ、ダメ。

思う。

まだ、話したい。まだ、ダメ。

ミャウダさんに渡してしまおうとした悲しみは、少しも減らない。お母さんはいない。いらない宿命ももらった。公子は泣いている。それはどこに逃げてもどうしようもない真実。私は姉。

気絶するほどの時間が、たくさんの記憶と一緒に流れた。悲鳴を上げそうになる。ミャウダさん！

〈いいことを教えてあげるー〉

お母さんと別れるビジョン。泣く公子を、留守番のとき、何度も叩きそうになった私の手。公子なんか、捨ててきて、と泣く私。お母さんを取られる。おばあちゃんを取られる、お父さんを取られる。「子ども」であることを、取られる。

逃げられない、本当のこと。どこにもしまえず横たわる、私の全部。

〈猫が眉間を触られて気持ちいいのはねー。子猫のときにおっぱいを飲んで、おでこがお母さんのおなかに当たってた、それを思い出すからなんだー。あと、眠くなると布団を踏み踏みするのも、おっぱいを捜してるからなんだー〉

ミャウダさんが、教えてくれる、これが最後になるんだってことを私は理解していた。「うん」と頷く。「うん、うん」

〈文枝さんー。さようならー〉

ベビーベッドの上で寝る公子に指を握らせる。泣きやむ気配はまるでなく、つかむ力がただ強い。私を離さない。

開け放たれた窓の向こうで、黒猫の尻尾が揺れる。年老いた猫の間延びした鳴き声が聞こえる。

「ミャーン」

夏の風鈴が、揺れる。鈴の音のような鳴き声が、だんだん遠くなっていく。モモちゃんの家にいつもいる、基本流れ猫のミャウダ。帰っていく。こっちを見もせず。

（四）

あれから、何年経っただろう。

今日公園で、娘が急に私の手を振りきって、興奮したように走り出すまで、忘れていたことだった。

「ミュウ！」と呼びかける。

ベンチの下でうずくまる、黒猫。

全速力で向かってくる子どもの存在を意にも介さない、堂々とした姿。娘と猫。

その瞬間に、涙が出るほど痛烈に頭の芯が痛み、思い出した。

今、扉をこっそり開けたかのようにふいに思い出したこのことは、明日にはもう忘れてしまうかもしれない。もう聞こえない猫の言葉を、確かに聞いていたこと。子どもがどうやって日々を耐え、生き、痛みや悲しみを取り戻し、宿命を受け入れる決意をするか。

きっと、忘れてしまう。

だから、書き留めておく。心当たりがある他の人が、私のように、これを読むことでまた一日か二日でもいいから、自分の猫のことを思い出せるように。

八歳下の妹がミャウダさんに夢中になったとき、私はもう、ミャウダさんに監督されない子どもになっていた。クラスでは、猫の言葉が聞こえなくなったのは早い方。

大人になった、今ならわかる。

監督する必要もない子どもを、責任を感じて見ていてくれるのは猫の優しさ。本当ならしなくていいことを、彼らはきっと選び取って、やってくれてたのだと。

娘が黒猫ミュウの前足を持ち上げると、肉球が見えた。

甘く柔らかな記憶は、触れれば切れるように冷たい一時期と背中合わせに同居していた。

猫は娘にそうされても、逃げもしないかわりに、喉を鳴らすこともしない。娘が笑い声を上げながら、足を離す。

猫はただ眠そうに、朦朧《もうろう》としたように薄目を開け、秋の落ち葉を布団を押すように踏み踏み、踏み踏みしていた。

【付記】

二〇〇九年に、SF作家・神林長平先生のデビュー三十周年を記念し、その影響を受けた作家八人が神林SFを代表する長短編を独自に解釈し、同名のオリジナル作品として仕上げる『神林長平トリビュート』(早川書房刊)というアンソロジーの企画がありました。

私が選んだ作品は『七胴落とし』。

独立した短編としても読んでいただけますが、今回の掲載をきっかけに、原作『七胴落とし』を手に取り、あわせて読んでいただけたなら、とても幸せに感じます。

V　女子とトホホと、そんな日々

a day in my life

「小説家」という、自分で自分の時間を区切ることが可能な仕事をしていると、様々な誘惑に負けそうになる。OLとして働いていたんだったら会社に拘束されてしまう「平日の昼間」という時間。空いてるデパート、映画館、おいしいお店の格安のランチタイム。ああ、優雅！

そんな欲望の毎日に浸ってしまうと、当然仕事が疎《おろそ》かになる。これではいかん、と私が思いついた解決策が、完全なる「ON」の日と「OFF」の日を作ることだった。これは「女」の切り替えスイッチ。「ON」の日は化粧をし、好きな服を着て、外に出かける自由を自分に許す。仕事の打ち合わせや取材も含め、人に会う日はすべて「ON」の日。「OFF」の日は、「女」を休んでひたすら家で仕事。この欄に書くようなとびきりのことは何も起こらない。「女」が「OFF」では、おしゃれなお店の服を試着する気も起きないし、外食してウェイトレスの眩しい笑顔に甘えることもできない。家に来る宅配便のお兄さんの顔でさえ、申し訳なくて満足に見られないほどだ。

その代わり、「ON」の日の私はタフだ。今日はハレの日！　とばかりにできるだけたくさんの用事を一気に片付けようとする。中でも、毎週水曜日は映画サービスデー。たいていの映画館で、映画が千円で観られる夢のような一日。目をつけておいた新作を、三本を目安にはしごする。そんな強行日程には誰も付き合ってくれないから、基本的には一人きりでのお楽しみなのだが、どこで誰に会うかわからない恐怖と、合間にこなす雑用のためにきちんと「女」のスイッチを入れておく。

三本見て、余計なことに気づく時もある。あと一本、四本目もいけそう。とんでもなくいい映画を観ると、その感動でおなかがいっぱいになって、そこで映画の旅が終了する時もある。なるべくそうなってほしいのだけど、と祈るような気持ちで、だけど次に行きたいという期待も込めつつ、毎回見る。

私は涙もろく、映画を観ると結構な頻度で泣いてしまうので、帰る頃にはマスカラもアイラインもボロボロ。だけど、その時間に繁華街で周りを歩くのは酔っ払いばかりだから構うもんか、と言い訳して、化粧も直さず帰途につく。本末転倒してる自覚は充分だけど、明日は本格的にスイッチを切るのだから、と、深夜営業のスーパーで明日のごはんの食材も全部買う。

家に帰り、次の水曜に胸ときめかせながらスイッチを切る。「ON」の日の終わりは、ほどよい疲労感とともに、いつもなかなか幸福だ。

私をハイにする……——ウッカリショッピング

ビルの地下、喧騒と明かりのひしめくエリアから一歩奥へと進んだ、ひっそりと暗く静かな一角で、彼に出会ったのが、過ちの始まりだった。

試さないか、と声をかけられたのだ。

彼が手にしているものを見て、即座に「やばいな」と直感した。

試したことはないけど、知っている。一度その体験に味をしめたが最後、やめられなくなって金も健康も注ぎ込んでしまった人々の前例を、メディアで山のように目にしてきた。深い酩酊《めいてい》。とろけるようにハイになる刹那的な一瞬。そして、高い依存性。人はみな、あっという間に虜《とりこ》になる。

私だって好奇心がないわけじゃない。手を出したら最後だとわかってはいるけれど。だけど……。

通り過ぎるだけのつもりが、目が彼の手元に釘付けになる。試せるの？　今すぐここで簡単に？　その一度は無料？

彼は都会に出てきたばかりの田舎娘を前に悠然と笑い、そして矢継ぎ早に、実に流暢な口調で語り出した。

自分の扱う商品が如何に純度が高いか。巷に溢れるまがい物たちとは、どんなふうに違うのか。

甘い誘惑に心奪われそうになりながらも、だけど私のなけなしの良心が「待てよ」とストップをかける。純度が高いなら、今これを試すのはなおのこと危険なのではないか。何事に関してもそうだけど、いいものの水準を一度知ってしまうと、レベルを簡単には落とせなくなる。人間とは、拍子抜けするほど呆気《あっけ》なく贅沢に馴れることができてしまう、わがままで、切なくもいじましい生き物なのだ。一番下くらいの低い純度の、混ぜ物の多い粗野な品で満足するべきではないのか。

この快楽に取り憑《つ》かれたなら、故郷の父母は悲しむかもしれない。この親不孝者。娘が変わってしまったと、嘆くかもしれない。

ありったけの抵抗材料を心の奥底から総動員して並べるが、目の前に示されたお試しサンプルの魅力は絶大だった。もう無理。これ以上は我慢できない。

そして私は試してしまう。

分不相応の贅沢。案の定、その一回の罠《わな》にまんまとハマり、やめられなくなって、もう完全なる依存症。

まとめ買いです。伊勢丹デパ地下、照明を抑えたオシャレな店舗、ジャン＝ポール・エヴァンの高級チョコレート。

『ボワットゥ　ドゥ　ショコラ』四十九個入り。お値段、税込一四、四三八円。

それでもまた、会いに行く

やばい相手に捕まってしまったものだとは、何度か思った。出会いを後悔したりはしないし、よかったとは思えるけど、それでもやっぱり考えてしまう時というのはある。

シュウと私が初めて会ったのは、友達の家のホームパーティーだ。ちょっとプライドが高そうで、でも人の寂しさにつけ入るのがうまそうだな、というのが第一印象。そして実際その通りだった。

彼はもう友達のものだというのに、私に対してもとても人懐こく接し、すぐに私の心をつかんで離さなくなった。私、たぶん、もともと彼みたいのが好きだったんだと気づいた時にはもう遅く、デパートに行くたび、彼への贈り物を探してしまっている自分がいた。人のものだって構うものか、と、彼が好きそうなアクセサリーやお菓子だとかを平気で買うようになり、ちょくちょくシュウに会いに行くようになった。

自分の容貌が女の子をメロメロにさせることの自覚があるのだろう。シュウは私からのプレゼントを平然と受け取り、楽しそうに身につけたりするくせに、そこに感謝があるのかは疑わしく、なおかつそれをした私が、それでもいいと思ってしまえるような、かわいらしい仕種だけは忘れることがなかった。もう、やばい。この顔が見られるなら、これぐらいの出費痛くなかった、と思ってしまえた。

私とシュウのそういう関係を知った友人たちは、口をそろえて「きっと他人のものだからよく見えるんだよ」と私に忠告した。「欲しいなんて思っちゃダメ。実際にそうなったら、気性は激しいし、気分屋だし、お金はもっとかかるから、大変だよ。あんたには合わないよ」と。

なるほど、そうかもしれない。実際、私も買ったばかりのお気に入りのカゴバッグを、気性荒いシュウに壊されてしまったことがあった。実際に深くお付き合いしたら、苦労することは容易に想像がつく。

だけど好きなんだもん。私のシュウに対する貢《みつ》ぎ癖と、彼と過ごす甘い時間への依存は止まらない。私は彼に完全にはまってしまっていて、ここからは簡単には抜け出せそうもなかった。

私と彼のそんな様子を見ていた友達がある日、「そんなに好きならあげようか」と囁《ささや》いた。怒った様子は特になく、少々呆れたふうではあったけど、悪い言い方ではなかった。

冗談だと知りつつ、それでも一瞬かなりくらくらっときた。気持ちが相当揺れたけど、次の瞬間に丁重にお断りする。私の母は喘息《ぜんそく》持ちだから、きっと許してくれない。

友達の家を出る時、シュウの首の下を撫でながら、小さく「またね」と言う。アメリカンショートヘアのシュウ。白と黒のきれいな毛並みの間から、私がプレゼントした首輪が覗く。にゃあ、と鳴く。ああ、なんてかわいらしい。

私と彼の関係は、まだ当分終わらない。

こだわりいろいろ

果物――主に桃とぶどう

山梨県出身で、祖父母が果樹農家だった私にとって、果物とは買うものではなく、「家にあるもの」だった。特に桃、ぶどう、スモモは季節になれば食卓に出てくるのが当たり前。そんな私のこだわりは、果物を絶対にお金を出して買わないというものだ。

上京してからも、買ったことは一度もないし、友人をうちに招いた際に買ってきてくれた桃が水っぽくて少しも甘くないことに驚いてからは、なおのことそう思うようになった。実家で作っていた桃とぶどうの他にも、みかんやりんごのような家庭で比較的よく食べるものについても買わない。

そもそも果物が嫌いなのかと言えばそんなことはまるでなく、むしろ大好き。では、私は果物をどうやって調達しているのか?

人にもらうのだ。私にとって、果物は「もらうもの」なのである。

祖父から届く桃やぶどうを人におすそ分けして歩くと、受け取った人それぞれが「長野のりんご」や「香川のみかん」などなど、各自の出身地の果物を季節になるとおすそ分けし返してくれる。「八街《やちまた》のスイカ」、「鳥取の梨」だってもらえる。どれも産地直送だけあって大変おいしい。

県民性が反映された、おいしくなければ食べないと言わんばかりの傲慢なこのこだわり。我ながら困ったものだと呆れるものの、今朝もスモモが大量に届き、上機嫌でせっせと食べている。

御朱印帳

知らない方のために。「御朱印」とは、神社や寺院でいただける印である。押印の他に、神社名や参拝日も墨書してくれる。もともとは写経を納めた際の受領印だったという説もあるらしいが、今は決まった金額を納めれば押してもらえる。御朱印帳はそれらを書いてもらうための専用ノートである。

私の「御朱印帳」へのこだわり。それは「どこそこ神社のものじゃなきゃダメ！」とか「集め方に順番がある」とか、そういう高尚（？）なことではなく、むしろ真逆。それは「御朱印帳を持たない」というこだわりだ。

は？　と呆れられるかもしれないが、もともと私はコレクター体質で、しかも凝り性。仕事柄いろんなところに行くせいか、神社を巡る機会も不思議と多い。

だからこそ、である。本当だったら御朱印帳は欲しい。すごく欲しい。

しかし、一度御朱印帳を用意してしまえば、私は御朱印を集めることに躍起になるはずだ。うん、絶対になる。

そうなると、今は楽しい神社巡りが、御朱印をもらうためのスタンプラリーさながらの義務になってしまうのではないか。参拝そっちのけで、意識が御朱印に囚《とら》われ、それに支配される旅をする羽目になるのではないか——、というのが怖いのである。

この境地に至るまでに心が挫《くじ》けそうになることは何度もあった。たとえば、山梨の善光寺で売っている菱紋が入った御朱印帳は武田信玄好きにはたまらないデザインだったし、明治神宮のピンク色の御朱印帳や東京大神宮の蝶の模様が入った御朱印帳もびっくりするくらいかわいかった。普段はなかなか行けない神社に行く貴重な機会に恵まれると、記念に……という気にもさせられる。それでも買わなかった、もらわなかったのだから、と思うと、私の「持たない」こだわりはより一層頑《かたく》なものになっていくのである。

帯

世の中には二種類の人がいる。

それは、本やCDの帯を捨ててしまう人と、捨てないでいつまでも取っておく人だ。私の周りは本好きが多いせいか、「取っておく派」が大半。たまに、買った本の帯をその場で惜しげもなく捨てる人を目にすると「なんと豪気な！」と驚いてしまう。自分には絶対に真似できないと思う。

そんな私は当然「帯を取っておく派」だが、これも一つのこだわりなのかもしれない。帯やシールまで含めてその作品の完成形のような気がして——というこのこだわりは、「捨てる派」にとってはどうでもいいことかもしれないが、我々には譲れない一線だ。

そんな私の心を悩ますもの。それは、よくある「本についている応募券を送ってね！」という、読者プレゼントのキャンペーン。帯や本の表紙の折り返しにちょこんとついている応募券を切り取って送ると、かわいいストラップやバッジがもらえますよ！　というあれだ。

帯ならまだいい。切れる。だけど、表紙って！　と度肝を抜かれる。

最近のプレゼントキャンペーンはほとんどが帯を切る仕様だけど、私が子どもの頃は本のカバー本体を切らなければならない場合も多く、一体何の罰ゲームだろうと思うような罪悪感と抵抗感にさいなまれながら、泣く泣く鋏を入れていた。当時の本を読み返す時、折り返しが間抜けに欠けているのを見ると、いまだにちょっと悲しい。

もともと好きな作家さんの本は、帯が違うだけでコンプリートして集めたいと思ってしまっていた私。今、仕事の打ち合わせで自分の本の帯を作る時、替える時にもついつい力が入る。本の一冊一冊の裏に、私のような「帯愛」があるのかもしれないと思うと、ますます絶対、捨てられるはずもない。

メンクイのすゝめ　戸隠そばの旅

私はメンクイだ。

といっても、付き合う異性を顔で選ぶとかそういうことじゃなくて、麺を食べることが好き、という意味で（まあ、もちろんイケメンも嫌いじゃありません）。

メンクイの私が、中でも最も好きなのがそば。機会があれば一度ぜひ本場の地で、そば打ちをしてみたいと思っていた。できれば長野の戸隠がいい。昔、うちの祖父が戸隠でそばを食べた時、帰り際、母に「もう里のそばは食べられん」と告げたと言う。そんなにおいしいのか？　と心惹かれつつも、これまで一度も行けずにいた。パワースポットとして名高い戸隠神社もあることだし、都会の猛暑から逃れるようにして、この夏、そば打ちの旅に出ることにした。

日程は二日間。事前に、同行してくれる編集者から「着いてすぐのお昼ごはんはどうしますか？」と相談された。

「その日の午後にそば打ちをして、夕方には自分で打ったおそばを食べることになります。宿坊の夕ごはんでもおそばが出るそうなので、最初のお昼くらいは何か別のものにしますか？」

ちなみに宿坊とは、神社の宿舎で、もともとは僧侶が寝泊まりするところだったのが、寺社参詣が普及して一般の参拝者用の宿泊施設となったもの。「宿坊でもおそばなんですね」と聞き返した私に、彼女が続ける。

「ええ。参拝者にハレの日の料理としてそばをふるまうのが戸隠のおもてなしだということで、外せないそうです」

戸隠のおもてなし！

そんな粋な言葉を聞いてしまったら逆らえようはずもなく、徹底的にふるまっていただこう、腹をくくってそば尽くしだ！　と覚悟を決める。

新幹線で東京駅から長野駅へ。そこから戸隠までは車で向かう。

旅立つ前、カルチャースクールでそばを打ったことがあるという友人に様子を聞いたら「割合は?」と逆に尋ね返された。

「私がやったのは二八そばだったけど、本場はやっぱり十割で打つの?」

それを聞いて、はたと思い当たった。メンクイのくせに、私あんまり二八とか十割とか意識したことなかった! それがそば粉と小麦粉の分量を表し、小麦粉がきっとつなぎの役割を果たすのだろうということまではイメージできるものの、十割とそうじゃないものの味の違いも思い描けなければ、自分の行きつけのお店が何割で作ってるのかも知らない。

そんなことで大丈夫なのだろうか、と不安を感じつつ、とはいえ、戸隠は空気も水もきれい。背の高い木々に囲まれたまっすぐな道を車で通ると、はっきりと別世界に来た! と感じられて、非常に気持ちいい。

早速、戸隠一食目のそば屋に到着。オーソドックスにざるそばを一枚ずつ頼む。根曲がり竹のざるにひと塊《かたまり》ずつそばを盛る〝ぼっち盛り〟が戸隠流だ。長細い輪のようなこの塊の単位は〝ぼっち〟と呼ばれ、一人前だいたい五ぼっちか六ぼっちが盛られる。

上機嫌にまずは一枚目。いやー、やっぱりおいしいところのおそばは本当においしい。つゆをつけずにまずは一口食べて、それからつゆ、さらに薬味を時間差で入れ、五ぼっちを完食。そば湯もきっちりいただく。戸隠は辛味大根も有名だが、薬味やつゆの種類で変化がつけられるのもそばのいいところだ。

腹ごしらえが終わり、そば打ちの前におなかを空かす意味も含めて戸隠神社を参拝する。戸隠神社は杉並木の参道を通っていくことで有名な奥社を始め、全部で五つの社殿がある。初日は宝光社と火之御子《ひのみこ》社、中社《ちゆうしや》にお参り。ご神木の三本杉に圧倒されながら、「どうぞ、無事においしいおそばが打てますように」と成功祈願をする。

さて、そば打ちである。

教えを乞うのは、『戸隠そば山口屋』さんのご主人、山口輝文さん。案内していただいたそば打ち体験の場の前には「そば道場」という看板がかかっていて、気合いが入る。冷たい水で手を洗ってから、まずはそばについての説明を受ける。

「そばはよく痩せ地でもできるなんて言われますが、いくらそばでもある程度の栄養は必要。他の穀物が育たないような場所でもできるってことなんですが、痩せ地じゃなくて〝好適地〟って言ってくれないかな、と思います」

そばは年に二度収穫でき、それぞれ夏そば、秋そばと呼ばれる。新そばと呼ばれるのは、味がしっかりしているとされる秋そばの方。朝夕の温度差があった方が良質なそばができる。戸隠はまさにそば作りの好適地だ。

部屋の奥には引き戸を隔てて製粉用の機械が並んでいて、収穫されたそばの実を食べられる状態のそば粉にするまでの過程を見せてもらう。

「よく、黒っぽいそばはそば粉が多いものだと思われているようですが、それは殻が混ざっているからで、本来のそば粉は白いんです。昔は脱穀の率が悪かったから黒かったんですが、今は殻の九十パーセント近くがそがれます。殻が入ると風味や香りは強いけど、あくも入りますね」

実際に見せてもらって、製粉にすごい手間がかかっていること、そばの実やそば殻の色や手触り、軽さを確認させてもらう。ドキドキしながら「今日は十割ですか？」と尋ねると、ご主人が微笑みながら教えてくれた。

「最近よく十割そばの看板を見ますが、十割そばがおいしいというのは、かなりそばがいい状態ですね。そばはもともと粘りけがそんなにないし、粉にすると段々と劣化もしていく。新そばが取れたばかりの時期だったら十割もいいんでしょうが、夏の今頃では正直あんまり意味がないですね」

「ええっ、そうなんですか⁉」と驚く私。十割そばはお店では限定扱いで出されているところもあるくらいだし、通に好まれるイメージがあるので意外だ。

「種の状態を元そばというのですが、その状態からきちんと保存をしていればいい十割そばは出せますし、挽き立てを使うことの醍醐味もあります。自分のところで石臼《いしうす》碾《び》きを導入するそば屋さんも増えていますね。十割だから全部いいというわけではなく、それに向いている粉を確保できるかが問題なんです」

この旅で一番気になっていたことを聞けて大満足。七対三の割合で粉を用意して、大きな木鉢にふぁさっと入れる。その時のご主人の言葉も印象的だった。

「現代人の感覚は、どうしても足して十にしたがるわけですが、昔はおわんに何杯ずつで数えて入れて、六・三なんて割合もありました。この方が楽で効率がいいし、現実的ですよね」

なるほどなあ、と感心しながら、白っぽい三の小麦粉と、それよりうっすら色がついた七のそば粉を手で混ぜ合わせる。普段の料理では、自分の手のひらを直接使うことは少ないから、柔らかな粉に指を沈めると、砂場遊びのように気持ちがはしゃぐ。水を注ぐと、粉からふわっと甘い香りが漂ってきた。

「ふくよかな香りがする！」と思わず声を上げてしまい、自分で驚いた。

ふくよか。これまで日常生活では一度も口にしたことのない表現だ。でも、この言葉が一番しっくりきた。用意した水の九割くらいを、粉で水を包むように合わせていく。なるほど、これなら手が粉と水でべしゃべしゃになったり、それが乾いてカピカピになったりすることもないわけだ——と思いながらも、不器用な私の手指が早速白く糊づけされたようになっていって悔しい。しばらくすると、粉が水を含んで小さな粒がボロボロできてきた。残りの水も加えて混ぜると、全体的にしっとりとして粒が結びついて大きくなり、一つにまとまる。

いよいよ捏《こ》ねる。手のひらを使って体重をかけ、押すようにしていくと表面がすべすべして丸い玉状になった。ご主人が励ましてくれる。

「戸隠も、今でこそ男性のそば打ちがほとんどですけど、一昔前は家庭でそばを打つのは女性の仕事でした。そば作りは段取りの機転が要求されるので、そばの上手な女性をお嫁さんにするといい、なんて言われてもいました。女性の打つそばは職人の世界ではあまりいいふうには言われませんが、力をかけないことでなめらかに仕上がる特徴があります」

そういえば、よくそば打ちにはまった方からそばを分けてもらうと、お湯に入れてすぐバラバラにちぎれてしまうという話を聞く。「あれって何が原因なんですか？」と尋ねると、「時間をかけすぎているのかも」とのご返答。ただ時間をかけてたくさん捏ねればいいというものではないのだ。

「あるいは粉がよくなかったり、お湯に一気に大量に入れてしまった、ということもあるかもしれませんね」

わかったところで、次にへそ出しと呼ばれる作業。片方の手の親指で玉の中央を押して、もう片方の手で玉の周辺を内側に折り込んでいくと、へそのようなくぼみができる。玉を円錐型になるように転がしながら、へその部分をおちょぼ口の形に絞り込んでいく。へそが下になるように置き、上から両手で押して平らに。捏ねる時に「菊の花を練るように」する「菊練り」という素敵な言葉を教えてもらい、難しいけど、テンションが上がる。

さあ、ここで麺棒の登場。打ち粉を振って、少しずつ生地を回しながら均等に力をかけていく。この作業で楽しいのが、生地を手前から麺棒に巻きつけ、両手で押し出すように転がすところ。「一、二、三」と力を加えるのだが、うまくいくと、「トン、トン、カタン」と音が決まる。この「カタン」が非常に男前の職人っぽい音で、自分で出せると感動する。

「そば打ちがどうして『打つ』なのかと言うと、昔はそばが非常に固かったから、まさに叩くという感じで作業をしたんですね。今は叩かなくても、そばの形になってくれます」

ご主人が言いながらお手本に生地を広げてくれる。なんともスピーディーで、音の響きもリズムも違う。「カタン」というより、「パン」と広がる感じ。さすがだなあと見入ってしまう。

麺棒を使って延ばした生地を半分に折り、打ち粉を振りながら生地を重ね、八つ折りの状態に。緊張しながら切る準備。長方形の大きな包丁を刃の近くまで指を伸ばしてぐっと握り、まずは練習のエアそば切り。……怖い。うまくできるか、途中で切れ切れになってしまわないか心配だ。まごまごうろうろした後で、ええいっと心を決めて、本番。包丁を傾けながら切っていくのだが、怖々とやるせいで案の定そばが太くなったり、曲がったりする。無心でひたすら包丁を動かすうち、辿りついた境地が「思い切る」ということ。躊躇《ためら》いながらやっちゃダメだと気づいてからは、どうにか後半、そばが細くきれいにそろってきた。

ここで、終了。

お店に場所を移し、打ったばかりのそばをいただく。かわいい我が子が竹ざるに載せられているのを見ると、いとおしくてたまらない。幅が不均等だし、中にはありえないほど太いのも混ざっているけど、みんなで「おいしい、おいしい」と頬張る。「確かに柔らかい感じはするけど、ご主人が言う通り、女性のそばの特徴って感じだね～」「お昼と連続でもどんどん入るね」とか話しながら調子に乗っていると、三分の二ほどを食べ終えた頃「よかったら、こちらもどうぞ」と目の前に少量のきれいに並んだそばを置かれた。「お店で出しているものです」

「ありがとうございます」とお礼を言い、「やっぱり色や艶が違う気がしますね」と目で見てから、一口。

——そこでの驚きというか、感激というか、ショックは言葉にならない。

一言で言うなら、そばってこんなにおいしいの⁉　と度肝を抜かれた感じだ。自分で打ったものと、確かに風味や香りが似ていても、コシや舌触りがまったく違う。そばの命ってコシだったんだ……と呆然とする。格の違いを骨身にたたき込まれ、「チクショウ、おいしいよう」と箸が止まらない。改めて、職人の手打ちを食べられることの贅沢さを思い知った。

翌日は、戸隠奥社と九頭龍《くずりゅう》社にお参りし、お昼ごはんにはもちろんまたそば。一食目を完食した後、さらに「まだ入るね」と二軒はしごした。二日間で合計六食二十五ぼっちのそばを食べたわけだけど、飽きることもなく、むしろ翌日出されたとしたらまだ大歓迎で食べられそうなぐらい。そばの力、恐るべし。

それと、戸隠と言えば、もう一つ、忍者の里としても知られる。そば打ちを終えた後で、山口屋さんのご主人が実は戸隠流忍術の継承者に柔術を習っていらっしゃるということが判明（！）。ああ、あの力強く軽やかな動きは忍者修行から来ているのかも、と大いに納得。

そういえば戸隠神社はおみくじでも有名。社務所で自分の年齢を告げると、宮司さんが祈禱してから一つ一つその人に合ったものを持ってきてくれる。私のおみくじには、『正しき人のすゝめにより、吉に向ふ』の一文があった。

そばと戸隠への愛に溢れたご主人の導きで、最高に楽しいメンクイの旅ができたのだろうなあと感謝。私も人にメンクイをすすめたい。

飲めない私が飲める酒

『西之門』酒蔵吟醸甘酒（長野・よしのや）

私は下戸《げこ》である。酒を飲むと全身が赤くなってかゆくなる。つまりはアルコール分解酵素がほとんどない体質らしい。幼い頃、絵本で見て憧れた昔話『養老の滝』で湧き出る酒や、洋画の中で美男美女が手にするワイングラスの中味が、自分には無縁なものだと知った時の嘆きは計り知れない。

そんな私が愛するのが、甘酒。酒なのに、私にも飲めるというところがいとおしくてたまらない。

幼い頃から大好きで、祖母によく市販の酒粕《さけかす》を買って作ってもらっていた。母親の話だと、四歳か五歳の頃、飲みすぎて顔を真っ赤にして息をふうふうさせ、酔っ払っていたことまであるという(幼い頃のこととはいえ、甘酒でダウンするくらいだから私の下戸っぷりが知れる)。

甘酒は断然、家で酒粕から作ったものが一番、と長年思ってきたのだが、『西之門』のものだけは特別だ。長野で善光寺参りをした帰り、ふらりと寄った先で出会い、味見して、即購入。以来定期的に取り寄せている。

甘酒というと温かいものが定番だが、『西之門』のものは「冷や」でイケる。「牛乳で割ってもおいしいですよ」と店員さんに勧めてもらい、「ええっ! 本当?」とおそるおそる試してみると、これまたすっかり虜に。ノーマルな甘酒と、ゆず果汁入りの二種があって、どちらもお気に入り。本当ならあんまり人に教えたくないくらい、私には格別のご馳走だ。

くだもの絶品料理

酢豚に入っているパイナップルが苦手、という人が多いと聞く。私も酢豚パイナップルは得意な方ではないものの、果物を使った料理を、気づけばかなりたくさん作っている。

なぜか。

果実王国・山梨に生まれたため、実家から大量に届くのである。おじいちゃん、私を一体何人家族だと思っているの⁉　と叫びたくなるようなケースの山に囲まれ、ジャムもお菓子も、作ってもそうたくさん食べられるものでもなく、だけどおいしいうちに全部食べたいし……、と思案した結果、いくつかのレシピが生まれた。

その中で一番ヘビロテしているのが、スモモの冷製パスタ。

桃や黄桃と比べて、いまいちマイナーな印象のスモモだが、祖父はソルダム、クインローザ、貴陽《きよう》、ケルシー（ほら、あんまり馴染みのない品種名でしょ？）と何種類か作っていて、それらの収穫時期が六月後半から二週間ごとにやってくるため、私は毎週せっせとこのパスタを作って主食にする。

さて、作り方。（分量は一人分。表記のないものについては適当に）

①オリーブオイルにニンニクを一かけすり下ろしてまぜる。
②トマト一個の上に十字に切り込みを入れて湯むきし、適当に切る。
③スモモを二〜三個、皮をむき櫛形に切る。
④ボウルにこれまでのものを全部入れて、塩を少し強めに、味見しつつ入れる。
⑤バジルを刻んで混ぜる。
⑥パスタを一分多めに茹で、氷水で冷やし、水を切って和える（カペッリーニのような細いものの方がおいしい）。

で、これにガーリックバターを塗って焼いたバゲットなどを添えるととてもよい。

はじめは「スモモでパスタ!?」と驚かれるものの、スモモのおすそ分けと一緒にこのレシピを渡すとたいていの人がやみつきになってくれる。夏バテの時でも食べられると好評。

今回このエッセイを書いているのも、「あ、本に掲載されれば、今後はおすそ分けの時、このページをコピーして渡せばいいんだ！」という計算が働いたせいだったりもする。

おいしくできるかどうかのポイントはただ一つ。おいしいスモモが手に入るか否かにかかっている。これを読んだみなさんのお近くに、どうかうちの祖父の畑のものが流通していますように。そして願わくば、みなさんがそれを買ってくださいますように。

祖母の味噌むすび

私には、とっておきの特別料理がある。

共働きの両親に代わり、私と妹の面倒を見てくれたのは、同居していた父方の祖父母で、私たちは相当なおじいちゃん・おばあちゃん子として育った。時代劇を一緒に観たり、意味がまだよくわからないなりに落語や浪曲を聞いたり。時代劇は今でも好きだし、落語も物心がついてから振り返ると、彼らがどの演目を好んでヘビロテしていたかがわかり、それぞれの人柄が滲んで見えて楽しい。

おやつも当然、チョコレートの新商品なんかではなく、祖母のお気に入りが出された。

『雪の宿』や『ぱりんこ』、『みすゞ飴』や『切りさんしょう』、あとはその名も『おばあちゃんのぽたぽた焼』など（みなさんはいくつに馴染みがあるだろうか？）。今でも、スーパーで目にすると、一気に味を思い出し、ついつい買い物かごに放りこんでしまいそうになる。

そんな祖母が出すおやつの中で、私が一番好きだったのが、味噌むすび。文字通り、味噌のおむすび。おやつ？　と思われるかもしれないが、夕ごはんまでまだ時間がある夕方、私たち姉妹の「おなか空いた」の声に応えて、余りのごはんで祖母が握ってくれる味噌むすびは、私たちに「一番ラッキーな日のおやつ」として認識されていた。

私は今、うちに来る友人相手に、よくこれを作る。おむすびなんて本当に近しい人にしか作らないので、出す相手は自然と限られるが、うちでは、とっておきのおもてなし料理なのだ。たかが味噌のおむすびと侮《あなど》ることなかれ。大きさはどれくらいか、味噌は外に塗るのか、中に入れるのか、量はいかほどか。はたまた、それを火であぶるのかどうか。あぶるとしたらフライパン？　直火？　というところまで、各家庭それぞれの作り方があるはずだ。あとはそう、秘密の隠し味なんかもあったり。

祖母の味噌むすびのレシピは私のたからものだ。祖母は私が中学の頃亡くなってしまい、作り方をきちんと教えてもらったわけではないのだが、記憶にある味を思い出しながら、微調整を繰り返してきた。今ではだいぶ再現できているんじゃないかと思う。人に食べてもらって「おいしい！」と言葉をもらうと、祖母を褒められたようで誇らしい。私が辿りついたこのレシピも文章化なんてしない。いつか、食べた誰かに同じように真似してもらえたら光栄だと思っている。

さて、最後に。よく「あなたは最後の晩餐で何が食べたい？」という話題になることがあるけれど、私は、祖母が実際に握ってくれた当時の味噌むすびそのものをリクエストしたい。今の私の味がそれにどれくらい近づいているのか確かめたいのだ。そして、できれば全然違っていてほしい。「あ、この味だった」とレシピをそれ以上更新できないことを悔やみながら死ねるなら、それは最高に幸せな晩餐になると思うのだが。

ああ、大散財！

映画のチラシを集めるのに夢中になった時期がある。

学生時代、親元を離れて一人暮らしを始めてすぐの頃だ。近所に映画のパンフレットやポスターを扱う店を発見した。

もともと私は映画が好きだった。けれど、ポスターは貼る場所を選ぶし、パンフレットも内容を熟読するには時間がかかる。そんな私の目に飛び込んできたのが、映画チラシだった。これなら集めてみたい、とコレクター魂に火がついた。

値段はだいたい一枚五十円から二百円の間。すぐに手が届くことが嬉しくて、好きな映画を中心に一気に三十枚ほどを衝動買いした。

以降も足繁く通った。プレミアがついた数千円するものに手を出すまでにもそう時間はかからず、それから一年程度、バイトした金のほとんどをチラシに費やした。塵も積もれば山となる。金額は数十万円にのぼっていたと思う。

たかが紙切れに、と思う方もいらっしゃるだろうが、何しろ私は夢中だったから、不思議な充足感に満たされていた。好きな映画のものだけを選りすぐったチラシのファイルを作り、誇らしげに人に見せたりもした。

そんなにも楽しかった趣味が〝散財〟へと意識を変えられてしまったのは、その宝物ファイルを手に実家に帰った時だった。もともと私の映画好きは父譲りだった。ファイルを見た父が嬉しそうに微笑み、無邪気にこう聞いた。「お父さんのコレクションも見るか?」と。

そこで私は、見ることになる。父が若い頃から足で集めた映画チラシの数々。私が持っているものはほぼ網羅されていて、中には今では絶対に手に入らないような古典の名作のものさえあった。そしてそのすべてに近所の映画館のスタンプが押されており、日付入りのそのマークは、それらが金で買ったものなど一つもないことを表していた。

つまり、私のコレクター気質もまた父譲りだった。映画チラシは五十音順に丁寧に棚に収められていた。ファイルでは場所を取ってしまって追いつかないのだ。私はそこに道を究める者の何たるかを見た思いになって、そして打ちひしがれた。到底敵《かな》わない。

「で、お前のこれはいくらしたんだ」の父の声に、私は素直に金額を答えることもできず、ただ曖昧にごまかした。

後日、私のコレクションは父に引き継がれた。それは今も彼の部屋の棚にしまわれている。

とっさのほうげん

今年の正月、久しぶりに故郷山梨に戻ると、親戚の叔母から「すごいじゃんけ！」と声をかけられた。「あんたの本、『キャン・ユー・スピーク甲州弁？』を抜いて、朗月堂（※地元の本屋さん）で売り上げ一位になってた週があったよ！」

えええっ⁉ と驚き、それから尋ねた。申し訳ありません！『キャン・ユー・スピーク甲州弁？』って何ですか。

「あれ、知らんだけえ？」と呆れられつつ、その場の人たちに教えてもらったところによると、その名の通り、甲州弁にまつわるあれこれについて書かれた本で、作者は五緒川津平太《ごっちょがわつっぺえた》さん。ちなみに、甲州弁で「ごっちょ」は「面倒」とか「手間がかかる」。「つっぺえる」は「（ぬかるみなどに）はまる」という意味である。二〇〇九年春の発売から、山梨県内で空前のベストセラーを記録しているそうだ。

早速買って読んでみた。

——おもしろい。目次を開いた時点からもうすごい。『甲州弁は標準語よりも優れている』、『県外からのお嫁さんのための甲州弁相談』、『甲州弁七不思議』。

中でもおもしろかったのは『上京するあなたに贈る　甲州弁を隠ぺいするための必勝九ヵ条』。山梨は東京に隣接しているせいか、私ぐらいの年の若者はほぼ標準語を話し、甲州弁は親以上の世代のものという気がしていた。しかし、「え、この言い方や発音って方言だったの？」と気づかされる場面が多々あり、私って、全然甲州弁隠ぺいできてないじゃん！　と自分でつっこみを入れた。

さて、今回、その本によって明らかになった私がよく使う方言は、三文字言葉のアクセントである。東京式だと平板に呼ぶ言葉が、山梨式だと頭の文字にアクセントを置く。

文章だとわかりづらくてごめんなさい。三文字の言葉全部がそうというわけではないのがまたややこしいのだが、たとえば、「ぶどう」「いちご」、あとは「かずみ」さんや「まゆみ」さんのような「〇〇み」という名前の場合なんかがそうだ。

数年前に私が『凍りのくじら』という本を出した時、両親から「くじら」を、私には違和感ありありの頭アクセントで「くじら」と何回も呼ばれて、大人げなく怒ってしまった。十代から、大人への微かな反発を踏まえつつ、とんがった気持ちで書いてきたつもりの自分の小説が、急に親たちの手垢にまみれてしまったように感じられ、たまらなく悔しかった。私に怒られても、母はきょとんと父と顔を見合わせ「おっかしい。だって普通くじらって言うよねえ？」と娘の私を笑う始末だった。

そんなふうに私を苦しめてきた三文字言葉。私は、自分は絶対に使っていないと信じていたのだが、今回、『キャン・ユー・スピーク甲州弁？』を読んで再確認したことにより、気づいてしまった方言がある。

それは「木馬」である。

私は「もくば」と頭アクセント。幼い頃から最近まで、あまり使う機会もないのでそれが標準だと信じ、加えて「回転木馬」と単語で言う時の「もくば」が頭アクセントだから、何も疑っていなかった。

であるからして、私は本当についこの間まで、恐ろしい誤解をしていた。

幼い頃から大好きな『機動戦士ガンダム』（俗に言うガンダムシリーズの初代《ファースト》）に、主人公アムロの乗るホワイトベースという宇宙用の艦隊が出てくる。その形がトロイの木馬に似ていることから、彼らと戦うジオン軍は、ホワイトベースを「木馬」と呼ぶのだが、私ははじめ、アクセントが違うせいで、彼らが何を言っているのか、さっぱりわからなかった。あのかっこいいシャア・アズナブルが「『もくば』を追え！」とか、「おのれ、『もくば』め！」と言っても、頭の中は「？？？」と疑問だらけ。やがてしばらくして、何のきっかけだったか、それが「木馬」であることを知って、まず思ったのは「シャア、訛ってんなあ」という、彼にも、声優の池田秀一さんにも恐れ多い、非常に失礼な感想だった。他のジオンの方々が彼と同じように「もくば」と言うのでさえ、「上官であるシャアに合わせているのだな、ふむふむ」と思っていた。……シャアに申し訳なくて、穴があったら入りたい。

こんなにも自分たちの山梨を〝標準〟に考え、世界を完結させる私たち。甲州弁を愛すのも、たぶん、当然です。私も母のことはもう二度と責められません。

初めての小説の話

初めて小説を書いたのは、小学生の時だ。

クラスの中で交換日記の延長のように小説を書いて読ませ合うのが流行していて、それを見た私は「そうか！　小説って書いてもいいものなんだ！」と大いに勇気をもらい、当時、自分が一番大事にして使えずしまっていた、とっておきのノートに小説を書き始めた。

クラスのおしゃまな子たちの間では恋愛小説を書くのが粋とされていたのだが、私が書いたのは自分たちと同年代の子どもが怪奇現象に巻き込まれるホラー小説。学校の怪談やこっくりさんといったモチーフを扱い、守護霊と浮遊霊と地縛霊それぞれの違いを図解して説明するなど、妙に気合いが入っていた。

もちろん、誰も読んでくれない。

当たり前だった。みんなが『明日のボールを君に』とか、『レモン色の恋占い』とか、そういうタイトルの小説を書いているのに、私の小説のタイトルは『さまよえる悪霊の中に』だったから、クラスメートもきっと怖かったんだろう（今、タイトルを思い出して書いてるだけで、泣きそうなほど恥ずかしい……）。みんなが書いてた小説のタイトルを、本人も忘れてるだろうにきっちり覚えてる自分にも、我ながら嫌な奴だなあ、と呆れる。

クラス内での小説ブームは数ヵ月で過ぎ、みんなが書かなくなってからも、どういうわけか私は書き続け、今日に至る。ホラーやファンタジー、ミステリ。その時々に好きになったものの影響を受けまくりながら書く話は、相変わらず恋愛の要素があまりなかったものの、それでも中学くらいからは、読んでくれる優しい友達にも恵まれるようになった。

初めて書いた小説には恥ずかしい思い出しかないのだが、それでもやっぱり当時のノートを見ると、懐かしくて、そして微笑ましい。誰も読んでくれるあてがないのに、それでも書いてたんだなあ、と思うと、偉いじゃないかと褒めてやりたくなる。

ちなみにその時私が小説を書くのに選んだ「とっておきノート」は、ドラゴンクエストⅣの鳥山明先生のイラスト入りのもので、これもまたみんなとは傾向が違ってて、だけど、当時の自分のスタンスや、そこからの生き方を象徴している気がして、いいな、と思う。

遠くへいけるもの

このところ、毎年、夏になるとどこかの海辺に旅行に出かけている。リゾートホテルを予約して、プールサイドか海辺のデッキチェアに寝そべり、時間が許す限り本を読む。他にも、飛行機での移動、空港までの電車の中、ホテルのテラスと、いつの頃からか、私にとって旅行は、観光以上に、本がたくさん読める機会という認識になりつつある。

実は私には、人に唯一自慢できる長所がある。それは、極端に乗り物に強い、ということだ。何に乗っても酔わない。偉そうに言えた事実ではなく、要するに三半規管が鈍いというだけの話なのだが、これが本を読むのには本当に助かる。移動の時間は車だろうが船だろうが、常に文庫本片手にいられる。一度、ギリシャの島を巡った際に、船で乗り合わせた日本人の女の子から「この揺れの中で何をやってるんですか⁉」と驚いた顔で話しかけられた(彼女の方はとても気持ち悪そうだったので、無神経な真似をしていて申し訳なかった)。

せっかくの旅行なのだからもっと外の景色を見ればいいのに、とか、わざわざ海外まで来て読書しなくても、と同行者に言われることもあるが、バスや電車の中で物語に没頭し、ふっと顔を上げた時に車窓に異国の風景が開けているのを目の当たりにする唐突な感覚も、それはそれでいいものだ。旅行から戻る頃には、だから実際に行った場所以上にたくさんの景色をそこに重ね合わせて観てきたような気持ちになれる。

遠くに来た時に読むものは、もっともっと遠くに行けるものがいい、といつの頃から考えるようになった。なるべく自分の現実と地続きでないもの。時代小説やSF、ファンタジーを多く選んでスーツケースに詰める。その癖がついたせいで、自宅でそれらのジャンルの傑作に巡り会うと、これはぜひ旅行先で読みたかったと、なんだか惜しく感じてしまう。

乗り物酔いしないこの体質。できればずっとこのままでいられますように。

図書室に通う日々

新年を迎えるたび、小学校時代の司書の先生と、食事に出かける。

もともと本が好きだった私は、入学してすぐ、学校の図書室に夢中になり、休み時間も放課後も、毎日のように通いつめた。

その先生は、私をいつでも優しく迎え入れてくれた。私がつたない言葉で話す本の感想を楽しそうに聞いてくれ、様々な本をどんどん薦めてくれた。先生の図書室で本を読むことは、当時の私の最大の楽しみにして、活力の源だったのだ。

今、いじめや自殺など、「学校」という場で起こる痛ましい出来事の報道を目にするたび、私は先生と過ごした図書室の日々のことを思い出す。教室内の小さな世界を生きていくというのはどういうことかについて、考える。

小学校時代、友達とケンカしたり、担任の先生から叱られた時に、私はそれこそ逃げ込むようにして、先生の図書室を訪ねた。そこまで行けば、きっと私を助けてくれる人がいる、と確信して。

けれど、先生は、そこでただ無条件に私をかばったり、嫌なことから守ってくれたというわけではなかった。話を聞き、優しい言葉をかけてくれるけれど、休み時間の終わりを告げるチャイムが鳴ると「絶対に教室に帰らなければダメ」と、私を諭した。たとえどれだけつらいことがあっても、その時間は辛抱強く席に座ること。担任の先生の言うことをしっかり聞いて、ケンカした後であっても友達ときちんと話す努力をすること。それが学校という場所で学ぶべきことなのだと、私に説いた。

今考えると、私はそこで忍耐や我慢というものを学んだのだ。すべきことはしなければならないという人生の基本を、その時に叩き込まれた。

学校を無理に楽しい場だと思わなくていい、学校の時間は嫌な、耐えなきゃならない時間だと認めてもいいんだと思ったら、私の中で明確に遊びと学びの線引きができた。その感覚を組み込んだことにより、切り抜けることができた場面が、その後の中学でも高校でも、社会人になってからも多々ある。

学校とは、そうした生き延びるための力を教える場であってほしいと、痛ましい、特に命にまつわるニュースに接するたび、切実に願う。

毎年はじめの先生との食事会は、私にとって自分の気持ちを引きしめるための大事な行事だ。今日もどこか私の知らない場所で、当時の私と同じような思いを抱えて図書室に通う子たちがいて、きっと、彼らの先生がその子たちに本を薦めている。

次に薦める本は、ひょっとしたら私の書いたものかもしれない。そう思うと、大事に小説を書いていきたいと、今年も決意できるのだ。

ゲームとUFOキャッチャーと紙の匂い

嗅覚による記憶は、強く、鮮明だという。

何か匂いを嗅いだことで、前にその匂いを嗅いだ時のことを思い出し、たちどころに気持ちが当時に巻き戻されていくということがよくある。

私にとって、書店の匂いがその代表例だ。

物心ついた頃から、休日の過ごし方は書店巡りだった。——と言っても、別に文学少女だったというわけではないのだが、とにかくそうだった。他にいい過ごし方が思いつかなかったというか。

本が好きだった父につれられて巡る田舎の書店は、今のような全国規模のチェーンの大型店は少なく、ほとんどが個人経営の、いわゆる〝町の本屋さん〟だった。父の車で一日かけて、点在する書店を順番にスタンプラリーのように回る。暇つぶしの儀式のようにも思えるけど、私たち親子はそういうのが好きだった。

ネットもまだ発達していなかったから、私にとって本との出会いは全部がそれらの書店頼み。取り寄せを頼むという発想もなく、好きな作家の頭文字を懸命に目をこらして一軒一軒探して回るのは、効率は悪いけれど、とても幸せな時間だった。

田舎の本屋さんにはどこも古い紙の匂いが充満していて、今もたまに入ったどこかの書店でその匂いを嗅ぐと、幼い頃の記憶を刺激され、胸の奥がふわっと騒ぐ。わくわくする。

というのも、私が通っていた書店たちはただの「書店」ではなかった。

店の前には、ＵＦＯキャッチャーやアーケードゲームの機械が置かれ、それらから流れる音楽が賑やかだった。

そのうえ、時はファミコン全盛期。書店の隅では、中古のゲームソフトの買取と販売が行われ、そこに子どもが群がって、次々新しいソフトを自分のものにしようと必死だった。攻略法やゲームの感想をやり取りする情報交換ノートまで置かれていて、私もずいぶんお世話になった。ここでできた友達までいる。

本を立ち読みする人たちは、古い紙の――実を言えばかなり埃っぽい匂いがするあの書店で、UFOキャッチャーから流れる単調なメロディーと子どもの声を聞きながら、だけど特に嫌な顔もせずにいてくれたのだなあ、と今にすれば思う。

書店の前には、アイスの「17」の自動販売機があって、毎回、帰りに買ってもらって食べていた。

ゲーム機と、ゲームソフトの買取・販売と、アイスがそろった書店は、こう書くと子どものオアシスのようだけど、当時は特に珍しい取り合わせではなかったと思う。私はそういう店をいくつもはしごしながら、好きなことに忠実に時間を使うことを覚えていった。

先日、とある繁華街を歩いていたら、耳に覚えのあるメロディーが聞こえてきた。安っぽく軽快な、短い音の繰り返し。あ、と思って、急いで音源を探すと、暗い高架下に小さなゲームセンターがあった。店の前に、ケースのガラスがくもり、中のぬいぐるみも色褪せたUFOキャッチャーが置かれていた。

どうやら嗅覚だけでなく、聴覚による記憶もなかなか強く、鮮明なものらしい。

父に電話をかけて聞いたら、私が一番よく通っていた書店はまだ同じ場所にあって、あのUFOキャッチャーも健在らしい。ゲームソフトはもう取り扱っていないけれど、今も立ち読みしていると、あの音楽も紙の匂いも、当時と変わらず、同じように店内に満ちているそうだ。

文庫版あとがき

本書『ネオカル日和』は、二〇一〇年四月〜二〇一一年三月まで毎日新聞朝刊に掲載された「日本新《ネオ》カルチャーを歩く」というルポエッセイを中心に、これまでの私のエッセイをまとめたものです。

〝ネオカルチャー〟の名のもとに、どこでも興味の赴くまま好きなところに取材に行ってよい、というお誘いは、大変魅力的なお話で、依頼をいただいた時、あまりの嬉しさに電話口で「いいんですかっ⁉」と小躍りしたことを覚えています。

今思い返しても興奮するほどに、毎回とても楽しかったです。と同時に、本当に遠慮なく自分の欲望のまま取材に行ってるなあと、目次を見ながら、少々お恥ずかしい。

残念ながら、諸般の事情により単行本化に際して掲載がNGになってしまった回もあるのですが、まさにそれこそが常に状況が動いている〝生〟の文化、〝ネオカルチャー〟を取材した証拠であるような気もしています。

今ある日本文化の最前線で活躍する方々は、私のような未熟な質問者にもとても優しく、彼らの情熱や哲学に触れることができたことは、私自身、大変勉強になりました。この場を借りて、かかわっていただいたみなさまにお礼申し上げます。

今回の文庫化に際し、掲載されている情報について必要に応じて加筆・更新をしましたが、それでもカルチャーは常に進化や変化を遂げていきます。現実の状況に追いつけていない部分も多々あるかとは思いますが、ご容赦いただければ幸いです。

エッセイは自分の日記のようでもあり、読み返して思わず赤面するようなところもあるのですが、この文章に共感してくださる方もきっといるはず、と本にして送り出す決心をしました。

掲載媒体がそれぞれ違うため、中には違うエッセイで同じようなことを書いている場面もあるのですが、当時の自分の気持ち、エッセイそれぞれの中で自分が言いたかったことを優先したいという思いから、そのままの形で残してあります。こちらにつきましても、ご容赦いただければ幸いです。

【あれから】

興味の赴くまま、ネオカルチャーの現場を取材していた二〇一一年、連載を終えた後で長男を出産。

翌年の夏に、直木賞を受賞しました。

受賞に際し、「日本新カルチャーを歩く」を連載していた毎日新聞に文章を寄せました。今回の文庫化に際し、加筆して次頁に収録いたしましたので、読んでいただければとても嬉しいです。

今後とも、どうぞよろしくお願いいたします。

二〇一五年十月

辻村深月

受賞と、「ネオカルチャー」に寄せて

二〇一〇年から二〇一一年にかけて、毎日新聞朝刊で「日本新《ネオ》カルチャーを歩く」というルポエッセイの連載を任せてもらえた。そのことに、まずは感謝申し上げたい。

私が独断で選んだ、日本の〝今〟を象徴する面白いものを〝ネオカルチャー〟と名付け、興味の赴くまま好きなところに取材に行ってよい、という企画の誘いは大変魅力的で、依頼の電話を受けた際、「いいんですかっ⁉」と電話口で小躍りした。

興味の赴くところ、というのは、そのまま、私がこれまで好きで、影響を受けてきた人・ものたちだ。

取材に行った場所は、藤子・F・不二雄プロダクション、(株)ポケモン、アクセサリーブランドのQ-pot.、音楽イベント・フジロックフェスティバルなど。その模様は『ネオカル日和』のタイトルで初のエッセイ集にもなった。

出産前の最後の一年間。身一つで動くことができた時期に、今ある日本文化の最前線で活躍する人たちと直接触れることができた影響は計り知れない。と同時に、それは私にとって、お礼を言うための旅でもあった。本を読み、好きなものを血肉に変えて、私は小説を書いてきた。自分を作ってもらった人たちに、直接「ありがとうございました」と言うことができた私は幸せ者だ。尊敬している人たちと、時間を共有することができるかどうかは、個人の力ではどうにもならない運やタイミングを要する。束《つか》の間、その機会を得る奇跡が叶《かな》ったことは、信じられないほどの幸運だ。

中には、物心ついた時にはすでにもう間に合わず、永遠に叶わない出会いもある。たとえば、私は漫画『ドラえもん』が大好きで、あの漫画がなかったら今と同じ形で小説を書いていることはまずなかったろうと思うけれど、藤子先生にお礼を言うことはもう叶わない。

さて、直木賞だ。

受賞の報に際し、たくさんの人からお祝いの電話やメールをいただいた。懐かしい幼なじみや恩師、同業者や仕事相手。会見場に向かう途中の車の中で携帯にメールが着信する、その弾むような響きが途切れないことに、まず喜びを覚えた。

記者会見を終え、ほっと一息ついたころ、携帯に留守番電話のメッセージが入っていた。着信は生花店からで、お祝いの花をお持ちしましたが、留守なので持ち帰ります、というものだった。きっと翌朝からはお花をいただくこともあるのだろうけど、当日にもう送ってくださるなんて、と思いながら依頼主の名前を聞いて、息ができなくなった。

藤子・F・不二雄プロダクション。

私が毎日新聞の連載で、まず真っ先に行きたいと希望した、藤子先生の会社だった。その名前を聞いた途端、受賞の喜びが何重にもなって胸に迫り、そして、「ありがとうございました」と声に出して、少しだけ泣いた。

賞の名に恥じない仕事を、これからしたい。そして、それと同じだけ強い気持ちで、祝ってくれたたくさんの声に応えられる仕事を、これから返していけたらと思う。

本書は二〇一一年十一月、毎日新聞社より刊行されました。

|著者| 辻村深月　1980年2月29日生まれ。山梨県出身。千葉大学教育学部卒業。2004年に『冷たい校舎の時は止まる』で第31回メフィスト賞を受賞しデビュー。『ツナグ』で第32回吉川英治文学新人賞、『鍵のない夢を見る』で第147回直木三十五賞を受賞。2018年には、『かがみの孤城』が第15回本屋大賞で第1位に選ばれた。その他の著作に、『ぼくのメジャースプーン』『スロウハイツの神様』『ハケンアニメ！』『朝が来る』『傲慢と善良』『琥珀の夏』などがある。

ネオカル日和《びより》
辻村深月《つじむらみづき》

2015年10月15日第1刷発行
2025年1月8日第6刷発行

発行者――篠木和久
発行所――株式会社　講談社
東京都文京区音羽2-12-21　〒112-8001
電話　出版（03）5395-3510
　　　販売（03）5395-5817
　　　業務（03）5395-3615
Printed in Japan

講談社文庫
定価はカバーに表示してあります

KODANSHA

デザイン―菊地信義
本文データ制作―講談社デジタル製作
印刷―――株式会社KPSプロダクツ
製本―――株式会社国宝社

ISBN978-4-06-293228-8

講談社文庫刊行の辞

二十一世紀の到来を目睫に望みながら、われわれはいま、人類史上かつて例を見ない巨大な転換期をむかえようとしている。

世界も、日本も、激動の予兆に対する期待とおののきを内に蔵して、未知の時代に歩み入ろうとしている。このときにあたり、創業の人野間清治の「ナショナル・エデュケイター」への志を現代に甦らせようと意図して、われわれはここに古今の文芸作品はいうまでもなく、ひろく人文・社会・自然の諸科学から東西の名著を網羅する、新しい綜合文庫の発刊を決意した。

激動の転換期はまた断絶の時代である。われわれは戦後二十五年間の出版文化のありかたへの深い反省をこめて、この断絶の時代にあえて人間的な持続を求めようとする。いたずらに浮薄な商業主義のあだ花を追い求めることなく、長期にわたって良書に生命をあたえようとつとめるところにしか、今後の出版文化の真の繁栄はあり得ないと信じるからである。

同時にわれわれはこの綜合文庫の刊行を通じて、人文・社会・自然の諸科学が、結局人間の学にほかならないことを立証しようと願っている。かつて知識とは、「汝自身を知る」ことにつきていた。現代社会の瑣末な情報の氾濫のなかから、力強い知識の源泉を掘り起し、技術文明のただなかに、生きた人間の姿を復活させること。それこそわれわれの切なる希求である。

われわれは権威に盲従せず、俗流に媚びることなく、渾然一体となって日本の「草の根」をかたちづくる若く新しい世代の人々に、心をこめてこの新しい綜合文庫をおくり届けたい。それは知識の泉であるとともに感受性のふるさとであり、もっとも有機的に組織され、社会に開かれた万人のための大学をめざしている。大方の支援と協力を衷心より切望してやまない。

一九七一年七月

野間省一

講談社文庫 目録

2024年12月13日現在